"과거보다, 내일보다, 오늘을
더 소중히 여길 줄 아는
당신에게 드립니다."

언제나 웃는 아기가 있었다.
그 아기가 태어날 때 무서운 괴물도 함께 태어났다.

괴물은 아기의 공포를 먹고 살았다.
하지만 언제나 웃는 아기는 무슨 이유인지
겁을 먹지 않았다.

괴물의 커다랗고 시커먼 손이 아기의 영혼을 덮치려
할 때에도 아기는 싱글벙글 웃었다.
공포를 먹지 못한 괴물은 점점 작아졌다.

아기가 웃을 때마다 괴물은 자신도 모르는 사이에
조금씩 힘을 잃어갔다.

몇 년이 지나자 괴물은 공포의 대상이 아닌
우스꽝스러운
광 대 가 되 어 있 었 다 .

언제나
웃는 아이가
있었다.

나에게도 서른 살이 온다면

2012년 12월 1일 초판 1쇄 발행
지은이 · 양 제니(Jennie Yang)

펴낸이 · 박시형
기획 · 김범수 | 책임편집 · 정현미, 이혜진 | 디자인 · 김애숙

경영총괄 · 이준혁
마케팅 · 권금숙, 장건태, 김석원, 김명래, 탁수정
경영지원 · 김상현, 이연정, 이윤하
펴낸곳 · (주)쌤앤파커스 | 출판신고 · 2006년 9월 25일 제406-2012-000063호
주소 · 경기도 파주시 회동길 174 파주출판도시
전화 · 031-960-4800 | 팩스 · 031-960-4806 | 이메일 · info@smpk.kr

ⓒ 양 제니 (저작권자와 맺은 특약에 따라 검인을 생략합니다)
ISBN 978-89-6570-099-9 (03810)

쌤앤파커스(Sam&Parkers)는 독자 여러분의 책에 관한 아이디어와 원고 투고를 설레는 마음으로 기다리고
있습니다. 책으로 엮기를 원하는 아이디어가 있으신 분은 이메일 book@smpk.kr로 간단한 개요와 취지,
연락처 등을 보내주세요. 머뭇거리지 말고 문을 두드리세요. 길이 열립니다.

나에게도
서른 살이 온다면

나에게도 서른 살이 온다면, 젊음이 이토록 아름다운 것임을 소중히 여기며 살 것입니다
나에게도 서른 살이 온다면, 잃어버리는 것에 대한 슬픔보다 새로 올 것에 대한 기쁨으로 살겠습니다
나에게도 서른 살이 온다면, 조금이라도 더 많은 이에게 사랑을 속삭이며 살겠습니다

양 제니(Jennie Yang) 지음

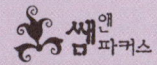

Chapter I

스무 살,
가장 아름다운 오늘을
더 한껏 웃으며 보낼 것

Chapter **2**

잃어버린 하나보다
새로 찾아올 하나를
기쁜 마음으로 기다릴 것

Chapter 3

함께 해주어 감사하다고,
좀 더 많은 이들에게
말해줄 것

Chapter 4

이루어지지 못할 꿈이라 해도,
숨 쉴 수 있는 동안
최선을 다할 것

Chapter 5

나에게 서른 살이 온다면, 지금처럼만 행복할 것

나는 선 택 했 다 .
내일이 다시 오지 않을 수 있다는
불안감에 시달리는 대신,
이토록 젊고 아름다운 날을
마음껏 행복해하고 충분히 누리며 살겠다고.
그것은 지금의 나에게만 주어진
특 권 이 니 까 .

나에게 또 다른 오늘이
주 어 진 다 면

    나는 오늘 이 책을 통해 조금은 어려운 이야기를 하려 합니다. 한동
안 받아들일 수 없어 몸부림쳤고, 하지만 오롯이 내 것이 된 이후로는
그럭저럭 버틸 만한 것이었다가, 이제는 모든 것을 감사로 변하게 만든
내 몸에 자리한 어떤 것에 대한 이야기입니다.

    처음 이 이야기를 MBC의 한 TV 프로그램에서 다루려고 했고, 또 내
가 살고 있는 지역에서도 책으로 내주기를 간절히 바랐지만 나는 많이
망설였습니다. 나는 잘 버텨왔고, 나와 같은 병에 걸린 사람들과는 달
리 밝은 모습으로 잘 살아왔지만 때때로 매일 아침 눈을 뜰 때마다 '차
라리 죽고 싶다'는 생각을 할 만큼 힘겨울 때도 많았으니까요. 그런 내
아픔들을 세상에 내어놓는 일은 많은 용기를 필요로 하는 것이었습니다.

많은 사람들이 엄마와 아빠의 인터뷰를 보고, 그들의 눈물의 크기를 간접적인 경험으로 받아들이는 상상을 하는 것은 그리 달갑지 않았습니다. 밝은 내 모습을 단편적으로 보고 이 아픔이 어떤 것인지 대충 가늠하는 것도 떠올리고 싶지 않았습니다. 하지만 방송이 나가고, 또 이렇게 이 책을 써나가면서 나는 한 사람이 또 다른 누군가에게 미칠 수 있는 영향에 대해 생각해보게 되었습니다. 그것은 '크레스튼'이라는 지금은 이 세상을 떠나버린 한 친구에게서 받은 영감이기도 했고요.

나는 어릴 적부터 웃음이 많고, 욕심도 많고, 왈가닥인 소녀였습니다. 멀리서 아빠의 모습이 보이면 풀쩍 뛰어올라 안기고, 오빠보다 더 농구와 낚시를 좋아하고, 엄마가 잔소리를 할 새도 없이 공부에 대한 애착을 갖는 그런 여자아이였지요. 웬만한 힘든 일은 혼자 해결하고, 혹여 그게 심각한 일이라 해도 대충 웃어넘기고 "No Problem"이라고 말할 줄 아는 당돌한 아이였습니다.

그런 나에게 어느 날 찾아온 무서운 손님은 아무리 웃으려 애를 써도 그 웃음을 자꾸만 앗아가 버리려 하는 크고 위압적인 존재였습니다. 갓난아기 때 처음 찾아온 손님 이후로 열여섯 살 때 두 번째로 찾아온 '뼈암'이라는 손님은 내게서 다리를 앗아갔고, 내가 좋아하던 모든 것을 할 수 없게 만들었습니다. 나는 여러 번 절망 앞에 섰고, 또한 나의 절망 앞에 주저앉은 부모님의 모습을 보아야만 했습니다. 내 웃음과, 누구보다 똑똑하고 건강했던 나를 잃어버리는 것은 아닌지 걱정하는 부모님을 보는 것은, 점점 잃어가는 내 몸의 일부분을 지켜보는 것보다 더 아프고 강한 슬픔이었습니다.

내게 찾아온 손님을 사람들은 '암'이라 부릅니다. 이제 나는 여덟 번째 손님을 맞았고, 다시 그 모든 손님을 이겨내고 일어서려 합니다. 그 과정은 세상 누구도 쉽게 겪어보지 못한 아픔의 과정이었지만 나는 고등학교를 2등으로 졸업하고 대학을 4년 만에 우수하게 졸업해, 의사가 되는 길을 향해 걸어가고 있습니다. 항상 웃음을 잃지 않는 나의 모습은 내 주변의 많은 사람들에게 귀감이 되고 희망이 되고 용기가 되었습니다. 그래서 이렇게 이 글을 쓰고 있습니다. 더 많은 사람들에게 희망과 용기를 주기 위해서 말입니다.

많은 사람들이 지나간 과거를 후회하고 아직 오지 않은 미래를 걱정하며 살아갑니다. 하지만 나는 언제부턴가 '오늘'을 가장 소중히 여기며 살게 되었습니다. 눈을 뜨면 다시 내 앞에 와 있는 오늘이 너무 감사해, 거울에 비친 내 모습을 가슴 벅차게 들여다보며 매일 아침을 맞았습니다. 그리고 그 벅찬 감동 앞에서는 대부분의 인간이 흔히 느끼는 불평, 불만, 원망, 분노, 외로움 등이 아주 작은 몸부림이 되고 만다는 것을 느꼈습니다. 오늘이 없다면 어제도, 내일도 없는 우리에게 하루를 가장 행복하게 살고, 최선을 다해 사는 것이 가장 의미 있다는 사실을 말입니다.

그래서 나는 매일 다짐하곤 합니다. 나에게 또 다른 오늘이 주어진다면, 다시 한 번 감사를 고백하고 힘차게 일어설 것을 말입니다. 더 많은 사람에게 사랑을 속삭이고, 더 많이 배우고, 더 많은 꿈을 가지겠다고. 그래서 나는 이 오늘이 마지막인 것을 두려워하지 않습니다. 최고로 행복했던 어제가 있었고, 다시 오지 않아도 후회 없을 오늘을 살고 있으니까요.

이 책 한 권이 내 삶의 모든 것을 다 말해주진 못하겠지만 지금껏 걸어온 내 삶의 발자취를 한 걸음 한 걸음 소중하게 담았습니다. 그렇기에 이 글을 읽는 많은 사람들이 감사와 영감을 받기를 간절히 바랍니다. 혹여 작은 시련 앞에서 절망하고 있다면 그것이 결국은 최악이 아니라는 것을, 그것을 극복하고 나면 그것이 아무것도 아닌 것이 된다는 것을 꼭 기억하기를, 그래서 하루하루 감사가 넘치고, 웃음이 넘치는 삶을 살아내기를, 온 마음을 담아 바랍니다.

사랑과 감사를 담아,
제니

"살아 있다는 것,
젊다는 것,
그리고
웃을 수 있다는 것……

내가 세상에서
가장 행복한 사람임을
알게 해주는
세 가지."

Chapter 1

스무 살,
가장 아름다운 오늘을
더 한껏 웃으며
보낼 것

평생 동안 지팡이를 짚고 다녀야 합니다.
그러나 행복합니다.
무엇을 위해, 어떻게 살아야 하는지
목적이 있기 때문입니다.

사랑한다, 제니야. 아기 때부터 유난히 잘 웃던 너. 한 살도 채 안 된 아이가 수술실로 들어갈 때 엄마와 아빠는 널 품에 안고 놓을 수가 없어 가슴만 졸였는데, 넌 유난히도 밝게 웃으며 우리를 쳐다보았어. 그 미소는 마치…… 이렇게 말하고 있는 것만 같았어.

"엄마, 아빠. 아무 걱정하지 말아요. 다 잘 될 거예요."

젊음이
이토록 아름다운 것임을
더 소중히 여기며
살 겠 습 니 다

여기는 콜로라도 주립대학의 어린이병원이다. 나는 지금 이곳에서 MRI 촬영을 하기 위해 대기 중이다. 내 몸을 스캔하기 위해 이 커다란 자석통 속에 얼마나 자주 들어와 누웠는지 이미 셀 수가 없을 정도다. 하지만 이것이 내 몸 안의 변화를 신속하게 찾아내주는 거의 유일한 수단이므로 선택의 여지는 없다.

그 변화란 벌써 네 번이나 내게 찾아온 어떤 불편한 손님의 방문을 의미한다. 사람들은 이것을 '암'이라고 부른다. 특유의 시끄러운 소리가 들리는 걸 보니 이제 검사가 시작되려나 보다. 이만하면 이제 이 소리에 익숙해질 때도 되었는데, 내 의지와 달리 심장박동이 점점 빨라지는 걸 느낀다.

오늘 아침부터 이상하게도 머리가 깨질 것처럼 아팠고, 심지어 구토 증세도 있었다. 부모님은 나의 세 번째 암이 원인일지도 모른다고 또 잔뜩 걱정을 하셨다. 그것은 '뇌암'이었다. 뇌수술을 받은 사람에게 두통은 운명과도 같은 거라고 했다. 하지만 오늘은 다른 날과는 조금 느낌이 달랐다. 말할 것도 없이 고통은 아무리 반복되어도 익숙해지지 않는다. 그 갑작스럽고 무자비한 출현에 익숙해진다는 건 그 자체로 또 다른 불행일 거다.

전해들은 바에 의하면 내가 받은 수술은 뇌의 한 부분을 통째로 들어냈다고 표현해도 과장이 아닐 만큼 큰 수술이었다. 80퍼센트의 환자들이 2년 내에 사망하고 평균 생존기간은 15개월에 불과하다고 했다. 그럼에도 수술은 무사히 끝났고 나는 여태껏 잘 견뎌왔다. 적어도 뇌에서만큼은 암이 완전히 사라진 거라고 믿었다. 그런데 이 고통은 뭘까? 반갑지도 않고 불편하기만 한 그 손님이 또 나를 방문하려는 걸까?

나의 이름은 양 제니(Jennie Yang), 한국 이름으로는 양진아라고 한다. 난 작년에 대학을 졸업했고 스물세 살이 되었다. 이미 성인인 내가 어린이병원에 오는 이유를 궁금해하는 사람이 있을지도 모르겠다. 보통 18세가 넘은 사람은 이곳을 이용할 수 없지만 난 어릴 때 이미 여기에서 암을 치료한 적이 있기 때문에 평생 이곳을 이용할 수 있게 되었다. 내 모든 진료 기록이 이곳에 있다. 그리고 내 청소년기의 많은 추억이 이곳에 있다.

검사 결과를 기다리는 동안 포먼 선생님은 나에게 간단한 테스트를 진행했다. 아마도 신경기능의 이상 유무를 확인하기 위한 동작들로 보인다. 어쩌면 단순히 환자의 긴장을 풀어주기 위한 배려일지도 모른다.

"팔 올리고, 쭈욱 펴고, 눈 감고, 코 만지고."

선생님의 지시에 따라 몇 가지 동작들을 취해본다. 그러다 보니 조금 우스운 기분이 되어 덩달아 긴장도 풀린다. 의사들과의 대화는 마음의 안정을 얻는 데 언제나 많은 도움이 된다. 나처럼 여러 번 암을 경험한 사람도 검사 결과를 기다리는 심정은 크게 다르지 않다. 엄마는 심각한 얼굴을 하고는 선생님께 이것저것 묻기 바쁘다. 아빠는 그 모습을 뒤에서 말없이 지켜보고 있다.

"왜 두통이 생기는 건가요?"
"음……. 신경수술은 교통사고를 당한 것과 같아요. 교통사고로 머리를 다치면 결국 두통이 생기죠. 그것처럼 뇌수술을 받은 대부분의 사람에게서 두통이 나타납니다."

선생님의 대답에 엄마 아빠의 얼굴은 더 심각해진다. '이봐요, 그렇게 어두운 표정 짓지 않아도 돼요.'라고 말해주고 싶은 걸 꾹 참는다.

얼마나 시간이 흘렀을까? 간호사가 검사 결과를 들고 왔다. 포먼 선생님의 손에 두 장의 사진이 들려 있다. 사진을 보는 그의 얼굴에는 표정 변화가 거의 없다. 엄마 아빠와 난 침을 삼키며 그 모습을 지켜본다. 조금 뒤 그의 입에서 가장 반가운 말이 튀어나온다.

"사진이 이전이랑 똑같네요."

그 말에 나도 모르게 입꼬리가 올라간다. 부모님의 표정도 조금은 밝아진다.

"보시다시피 예전에 찍은 사진과 아무런 차이가 없어요. 그건 곧 문제가 없다는 뜻이겠죠."

좋은 소식을 전하는 선생님의 말투도 사뭇 당당하다.

"하지만 두통은 점점 더 심해질 수 있습니다. 증상이 완전히 없어지려면 2년에서 3년이 걸릴 겁니다."

아주 잠깐 동안 싱글거리던 우리 세 사람은 선생님의 말에 곧바로 풀이 죽는다. 의사의 한마디 한마디에 환자와 가족들은 일희일비할 수밖에 없다. 그의 말이 희망적일 때 그들은 모든 걸 다 이겨낼 수 있을 것만 같다. 하지만 그의 말이 조금만 부정적이어도 그들의 마음속에는 어두운 그림자가 드리워진다. 의사들의 마음도 별반 다르지 않을 것이다. 좋은 소식을 전할 때도 있지만, 도저히 꺼내기 힘든 나쁜 소식을 전해야 할 때도 많을 거다.

"그럼 뇌암이 재발한 건 어떻게 알 수 있을까요?"

엄마가 다시 걱정이 가득한 표정이 되어 묻는다.

"가장 눈에 띄는 증상은 아마도 발작일 겁니다. 하지만 그 전에 MRI를 통해 먼저 발견하겠죠. 제니는 정기적으로 검사를 하고 있으니까요. 현재로서는 두통이나 구토감 때문에 걱정할 필요는 없어 보입니다."

두통과 구토가 뇌암의 재발과 아무 관련이 없다는 포먼 선생님의 반복된 견해가 이어지자 엄마 아빠는 비로소 안도의 한숨을 내쉰다. 나도 조금은 안심이 된다. 에이, 별 것도 아닌 걸로 아침부터 부산을 떨었잖아. 괜히 부모님께 미안해진다.

사실 무사히 대학을 졸업하고 다시 콜로라도에 돌아올 수 있게 된 것만으로도 충분히 감사하고 남을 일이다. 물론 여전히 항암치료에서 회복하는 중이라 조금만 활동을 해도 금방 피곤해진다. 자주 누워 있어야 하고, 어딜 가든지 피로를 덜어주는 약을 항상 갖고 다녀야 한다. 하지만 이렇게 정상적인 생활을 할 수 있다는 게 얼마나 다행인지 모른다. 다시는 이런 삶을 누리지 못할 거라는 불안에 시달리던 밤이 정말 많았으니까.

'그래, 두통은 그냥 두통일 뿐이야. 이 정도는 지금까지 경험한 것에 비하면 아무 것도 아니잖아? 하루를 무사히 보내게 된 것에 감사하자.'

나는 오늘도 생각해본다. 스물셋. 이토록 젊은 날에 크고 작은 고통과 상관없이 웃을 수 있다는 것, 이것 자체만으로 너무 아름답다고. 나이가 들어간다는 것은 그만큼 고통에 익숙해지고 마음이 조금 더 성숙해지는 것이겠지만 나에게 한 살 한 살 나이 들어감은 소중한 시간들이 포개어지는 것을 의미한다. 그래서 내 삶에는 소중함만이 가득하다.

눈을 뜬 아침 거울 속에서 밝게 웃고 있는, 누구보다 빛나는 나를 발견할 때 나는 삶에 대한 진정한 감사가 무엇인지를 발견하곤 한다.

"그래서 나는 선택했다. 내일이 다시 오지 않을 수 있다는 불안감에 시달리는 대신, 이토록 젊고 아름다운 날을 마음껏 행복해하고 충분히 누리며 살겠다고. 그것은 지금의 나에게만 주어진 특권이니까."

언제 그랬냐는 듯 나는 다시 찡긋 엄마 아빠를 향해 웃어 보인다. 언제나 그랬듯 부모님도 나를 향해 미소를 보이고 우리 셋은 그렇게 의사 선생님에게 꾸벅 인사를 하고 돌아서 나온다. 처음 이곳에 왔을 때, 모든 게 거짓말이었으면 좋겠다며 두 손을 모으던 엄마의 얼굴이 떠오른다. 나는 그때부터 감사하는 법을 배우기 시작한 것 같다. 나에게 다음 날 아침, 새로운 날이 주어지는 것은 보통 사람들이 아무렇게나 보내는 하루에 비할 수 없을 만큼 달콤한 축복이니까.

이 정도의 고통에 절망하지 않을 이유, 다시 웃고 씩씩하게 걸어야 할 이유는 충분하다.

아주 짧은 예고편

― 엄마의 편지 ―

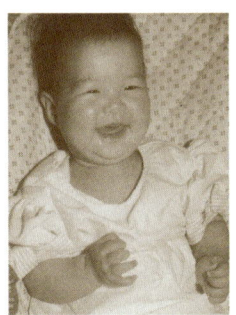

제니야, 네가 얼마나 조그맣고 귀여운 아기였는지 아니? 널 낳고 우리가 얼마나 기뻐했는지 아마 넌 모를 거야. 근데 아빠랑 엄만 네가 아기였을 때 직장 일로 너무 바빴거든. 그래서 널 자주 할머니 댁에 맡겨둬야 했어. 그땐 할아버지도 살아계셨지. 기억나지? 할아버지. 할아버지랑 할머니가 널 얼마나 사랑하셨는지 너도 알 거야. 할머닌 지금도 전화통화를 할 때면 매번 네 이야기만 하시잖아.

네가 태어나고 얼마 지나지 않은 어느 날이었어. 그날도 널 할머니 댁에 맡겨둔 날이었는데 엄마 일이 일찍 끝나서 널 데리러 갔었지. 엄마가 널 눕혀놓고 네 기저귀를 바꾸려는데 네 허벅지 안쪽 사타구니에 뭔가 단단한 게 만져지는 거야. 뭐랄까, 멍울 같은 거 있잖아, 그런 게 만져졌어. 처음엔 벌레에 물려서 부은 거라고 생각했어. 그게 좀 심해져서 염증이 생긴 걸까? 뭐, 그 정도로만 생각했지. 근데 크기가 좀 컸어. 이상했지.

걱정이 돼서 곧장 병원에 가봤는데 글쎄 의사 선생님이 조직검사를 하자는 거야. 엄마는 그때 이미 너무 놀랐어. 왜 우리 제니에게 조직검사를 하려는 거지? 그런 건 큰 병에 걸린 사람한테나 하는 거 아닌가? 그런 생각이 들었거든. 이해가 안 됐고 조금 화도 났어. 근데 더 놀란 건 검사 결과였어. 글쎄 네 몸속에 종양이 있다는 거야. 그리고 그게 암이라는 거야. 그때 네가 몇 살이었는지 아니? 넌 태어난 지 겨우 6개월밖에 지나지 않은 상태였어. 한국 나이로 하면 한 살이지.

어떻게 이런 일이 일어날 수 있지? 정말 믿을 수가 없었어. 사실 엄마는 지금도 믿어지지가 않아. 그 생각만 하면 아직도 심장이 두근거려. 정말 이상한 게 넌 참 건강한 아기였거든? 너도 알다시피 네 오빠 앤디는 조산되어서 6주 동안 인큐베이터에 있었지만 넌 아무 문제없이 건강하게 잘 태어났어. 근데 그렇게 큰 병에 걸렸다는 게 믿어지지 않았지. 의사들도 다들 놀랐어. 생후 6개월의 아기한테 암이 있을 거라고 누가 짐작이나 했겠니? 의사들이 그러더라. 의학 역사상 생후 6개월의 아기에게 그런 암이 생긴 선례를 찾아보기 어려울 정도로 희귀한 현상이라고.

넌 아기였으니까 기억조차 못하겠지만 엄마 아빠한테 그건 엄청나게 큰 시련이었단다. 하지만 우리는 받아들여야만 했어. 의사 선생님이 수술을 해야 한다고 하시더라. 참 기가 막힐 노릇이었지. 너무 연약해서 만지기도 아까운 우리 딸 몸에 차가운 수술 도구를 대야 한다니. 그러니까 막 눈물이 쏟아지는 거 있지. 엄만 너무너무 무서웠어. 도대체 어떻게 그걸 견뎠을까? 지금도 잘 모르겠어. 어떻게 그 시간들을 버텨냈는지.

아기 때부터 넌 유난히 잘 웃는 애였어. 수술실 들어가기 전까지 아빠가 널 품에 안고 있었는데, 수술 시간이 다 되니까 간호사가 오더니 널 그만 건네달라는 거야. 근데 아빠는 차마 널 건네주질 못했어. 그렇게 자기 품을 떠나서 수술실로 가게 되면 어떻게 될지 누구도 장담할 수가 없는 상황이었으니까. 근데 네가 유난히도 밝게 웃으면서 네 아빠를 보는 거 있지. 마치 우리에게 아무 걱정하지 말라고 이야기하는 것처럼 보였어. 그때도 얼마나 많이 울었는지. 초롱초롱한 눈망울로 웃는 너는 이렇게 예쁘기만 한데. 가슴이 너무나 아팠어. 하지만 네 웃음을 보며 겨우겨우 널 간호사한테 건네줄 수 있었지.

수술이 예상보다 훨씬 오래 걸리는 바람에 얼마나 발을 동동 굴렸는지 몰라. 글쎄 조직 검사에서는 분명히 암이 보였는데 수술 과정에서 보이지가 않아서 의사들이 엄청 애를 먹었대. 근데 수술실에서 나온 의사들 말이 화학치료를 해야 한다는 거야. 화학치료 알지? 너 그거 엄청 많이 받아봤잖아. 그게 얼마나 아픈 건지 이제 너도 알지? 근데 생후 6개월 아기한테 수술도 모자라서 화학치료를 하겠다는 거야.

엄마 아빠가 얼마나 고민을 많이 했겠니? 쉽게 결정을 내릴 수가 없었어. 건강한 성인들도 견디기 어려운 걸 저렇게 조그만 아기에게 하겠다니. 의사 선생님한테 몇 번이나 물어봤는지 몰라. 정말 해야 되나요? 정말 그것밖에 방법이 없나요? 근데 담당 선생님 말씀이 만약 자기 딸한테 같은 일이 일어났다면 자기는 꼭 화학치료를 하겠다는 거야. 그 정도로 필요하다는 거였지. 암세포가 몸속 어딘가에 남아 있게 된다면, 그래서 암이 재발하게 된다면, 그때는 정말로 손을 쓸 방도가 없을 거라는 거야. 지금 생각해도 너무 무서운 말이었어.

너 수술실 들어가 있는 동안 엄마 아빠는 밖에서 계속 기도를 드리고 있었어. 할아버지 할머니랑 같이. 우리 모두 기도하는 것 말고는 그 불안한 마음을 달랠 방법이 없었어. 근데 네 아빠가 기도를 드리다가 어떤 환영을 봤다는 거야. 그 영상에서도 어떤 남자가 기도를 드리고 있었대. 네 아빠가 평소엔 강인한 사람이긴 했지만 그때는 너무 슬프고 두려워서 기도할 힘조차 남아 있지 않은 상태였어. 그래서 헛것을 본 것일까? 아무튼 네 아빠는 그 영상 속의 남자가 하는 대로 따라서 기도를 드렸대. 근데 그가 말하기를 '제니가 다 나았습니다.'라고 했다는 거야.

참 이상한 일이지?

그렇게 기도를 드리고 나더니 네 아빠는 말로 표현할 수 없는 마음의 평화를 얻었다는 거야. 엄마는 여전히 불안해서 안절부절 못했는데 말이야. 혼자만 갑자기 편안한 얼굴이 되어서는 엄마랑 할아버지 할머니를 막 안심시키는 거야. 다 잘 될 것 같다고. 걱정 말라고. 사실 엄마는 그때 네 아빠를 이해하기 힘들었어. 저 사람이 왜 저러나 싶었지.

의사들이 수술 끝내고 나와서 화학치료를 해야 한다고 했을 때 너희 아빠가 잠깐 고민을 하더니 대뜸 그러는 거야. 화학치료 안 하겠다고. 의사들이 그 말을 듣고 엄청 놀랐지. 엄마도 놀랐어. 무섭긴 했지만 의사들 말대로 해야 하는 게 아닌가 싶었는데, 네 아빠가 갑자기 그렇게 말하니까 놀랐지. 의사들이 몇 번이고 말렸어. 근데 끝까지 안 하겠다는 거야. 엄마가 왜 그러냐고 물어보니까 그러더라. 다 괜찮을 거라고. 자기는 확신을 한다고. 그 표정이 너무나 단호했기에 엄마도 아빠 말을 따르기로 했지.

지금 생각해보면 그때 아빠 말대로 한 게 얼마나 다행인지 모르겠어. 의사 선생님이 그랬잖아. 5년 안에는 암이 다시 나타날 수 있다고. 근데 5년이 뭐야. 너 고등학교에 진학할 때까지는 암이 전혀 나타나지 않았잖아? 암은커녕 잔병치레도 거의 하지 않았지. 물론 네 아빠 자기 결정 때문에 암이 다시 나타날까 봐 병원에 갈 때마다 노심초사했지. 엄마도 그랬고. 근데 평소에는 네 활기찬 모습 때문에 그런 걱정을 거의 하지 않았어. 너 진짜 여기저기 잘 뛰어노는 애였잖아. 너 자랄 때 모습을 보면 아기 때 암을 앓았을 거라고 생각하기는 어려웠지.

지금 와서 생각해보면 네가 태어날 때 그 암이란 존재가 너랑 함께 태어난 건지도 모르겠다 싶어. 네 몸속에서 겨우 6개월 동안만 잠자고 있다가 참지 못하고 나온 거겠지. 네가 다 자랄 때까지 도저히 기다려줄 수가 없었던 거야. 하지만 그게 마지막이었다면 얼마나 좋았겠니? 그걸로 끝이었다면 얼마나 좋았을까……

근데 그건 일종의 예고편 같은 거였지. 엄청 긴 영화의 아주 짧은 예고편.

"하지만 결코 쉽게
내 삶을 놓아버리지 않을 수 있었던 것은,
그래도 아침에 눈을 떴을 때
맞이해야 할 새로운 날들이 내게 주어진다는 것,
그 날들에 대한 설렘보다
더 가슴 벅찬 것을 가져본 적이 없기 때문이다."

내일 아침 해가 뜨지 않아도
후회 없을 오늘을
살 겠 습 니 다

1998년 어느 날 콜로라도의 슈페리어 초등학교에서는 이제 막 4학년이 된 한국계 여자아이 한 명이 놀이터에서 쉬는 시간을 즐기고 있었다. 하지만 여자아이는 아침부터 학교 안을 돌아다니며 사람들을 만나고 있는 한 여성을 주목하고 있었다. 캐롤이라는 이름의 이 여성은 얼마 전 자신의 딸을 그 학교에 입학시킨 학부모였다. 그녀가 놀이터 근처에 나타나자 여자아이는 기다렸다는 듯이 그녀에게 성큼성큼 다가가기 시작했다.

여자아이의 모습은 한 눈에도 다른 아이들과는 달랐다. 대부분의 아이들이 반바지에 티셔츠 따위의 편안한 차림으로 놀고 있던 것과 달리 그 애는 화려한 드레스에 반짝이는 구두를 신고 있었고, 금방이라도 무도회에 참석할 것처럼 올림머리를 한 상태였다. 그날이 픽처데이(Picture Day, 미국의 초등학생들이 단체로 사진을 찍는 날)라는 점을 감안하더라도 여자아이의 복장은 특별했다.

너무나 눈에 띄는 이 스타일 덕에 캐롤은 여자아이가 자기 쪽으로 걸어오고 있다는 것을 곧바로 알아차릴 수 있었다.

"아줌마가 로렌 엄마에요?"

여자아이의 당돌하고 큰 목소리에 약간 당황하긴 했지만 캐롤은 그 모습이 참 귀엽다는 생각을 지울 수 없었다.

"응 맞아. 근데, 넌 누구니?"
"나는 제니에요. 로렌이랑 같은 반이죠."

제니? 로렌의 친구? 근데 왜 나한테 말을 거는 거지? 캐롤은 여자아이가 무슨 말을 하려는 건지 무척 궁금했다. 궁금증은 그리 오래가지 않았다.

"로렌은 굉장히 똑똑한 것 같아요."

제니라는 이름의 여자아이는 눈을 크게 뜨고 여전히 큰 목소리로 캐롤에게 말했다. 캐롤은 무슨 말로 대꾸해야 할지 도무지 알 수가 없었다. 다행히 대답할 겨를도 없이 제니는 자기 할 말을 계속해나갔다. 제니는 질문을 하러 온 게 아니라 메시지를 전하러 온 것 같았다. 바로 이 메시지였다.

"근데 우리 반에선 내가 제일 똑똑해요. 사실 탄야랑 내가 거의 톱이죠. 하지만 로렌도 우리만큼이나 똑똑한 것 같아요."

캐롤은 전혀 예상치 못한 제니의 말에 말문이 막혀버렸다.

"그렇구나…… 음……."
"로렌은 책을 굉장히 많이 읽어요. 그죠?"
"맞아. 음……."
"로렌은 어느 대학에 갈 것 같나요?"
"음…… 글쎄……."
"나는 스탠포드에 가려고 해요. 그리고 아마 의사가 될 거예요."
"그…… 그렇구나."

직설적인 대화방식에 겨우 적응하기 시작한 캐롤이 한마디 말을 꺼

내보려 했지만 제니는 할 말이 다 끝났다는 듯 짧은 인사만을 남기고 휑하니 놀이터로 돌아가버렸다.

"Bye."

캐롤은 한동안 그 자리에 멍하니 서 있어야 했다. 금방 무슨 일이 일어난 거지? 누가 왔다 간 거지? 이미 놀이터로 돌아가 신나게 놀고 있는 그 여자아이의 모습은 그녀를 더욱 어리둥절하게 만들었다.

이것이 캐롤 아주머니와 나의 첫 만남이었다. 아주머니는 지금도 가끔씩 저 이야기를 들려주시곤 한다. 작가인 캐롤 아주머니는 로렌이 많은 책을 읽기를 바라셨고, 그렇게 열심히 책을 읽는 로렌에게 난 단번에 경쟁심을 느꼈던 것 같다. 부모님과 캐롤 아주머니가 말한 것처럼 난 또래의 아이들보다 키가 컸고, 항상 앞에 나서는 걸 좋아했다. 이 욕심 많고 말 많은 여자아이를 말릴 수 있는 사람은 그리 많지 않았다.

가족들이나 친구들 중에는 이런 나를 '유별나다'고 말하는 사람도 있다. 그렇지만 사실 몸이 아프다는 이유로 늘 우울하게 지내는 것보다 그런 아픔을 안고 있는 아이라고는 상상도 할 수 없을 만큼 건강하고 욕심 많게 자라나는 내 모습을 부모님은 더욱 고마워하셨는지도 모른다. 친구들 또한 내가 그들을 정정당당한 경쟁상대로 여기고, 항상 열심히 그들과 맞서기 위해 노력했다는 것을 알고, 결국 자랑스러운 친구로 기억해주는 것일 테다.

나중에는 정상적인 학교생활조차 힘들어 병원에서 지내거나 집에 있어야 할 때가 괴로울 만큼 나는 내 또래의 아이들이 평범하게 겪는 일들을 즐거워했다. 무엇이든 앞서서 해내고 싶었고, 최고가 되기 위해서 노력했다.

부끄러운 것도 모르고 "내가 최고로 똑똑해요."라고 말하고 다니던 어린 시절을 지나 점점 머리가 굵어졌지만 그런 내 욕심은 쉽게 사라지지 않았다. 하지만 그 욕심은 단순히 사람들과 경쟁을 해서 이겨야 한다거나 '내가 가장 똑똑하다'는 것을 인정받고 싶다는 욕구를 넘어 내 삶 전체에 대한 욕심으로 변해갔던 것 같다. 그것을 '욕심'이라는 단어로 표현한다는 것은 정확히 맞지 않을지도 모르지만, 나는 힘들고 어려운 상황이나 자신만이 가진 상처 혹은 불리한 점들 때문에 자기 삶에 대한 욕심을 갖지 않는 사람들을 볼 때마다 무척 안타깝다는 생각을 한다.

나는 항상 '오늘 가장 최선을 다하며 살겠다'는 다짐을 하곤 한다. 그것은 곧 '후회없는 날들'을 만드는 일로 이어지니까. 오늘을 꽉 채워, 누구보다 행복하게 살겠다는 욕심은 좀 지나쳐도 괜찮지 않을까. 마음의 여유를 조금도 남겨두지 않고 자신을 들들 볶는 일이 되면 안 되겠지만, 적어도 오늘 하루 어디쯤에서 어제를 돌아보았을 때 그날이 무척 힘겨

5학년 때 같은 반 친구들과 찍은 사진. 맨 뒷줄 오른쪽에서 두 번째가 나이고,
내 옆에 있는 친구가 로렌.

왔다 하더라도 최선을 다한 내 모습에 조그만 미소를 지을 수 있을 정
도라면 나는 충분하다 생각이 든다.

누가 가르쳐주지 않았음에도 누구보다 애살맞게 하루하루를 욕심스
럽게 살던 나, 유별난 제니. 아마 세상 사람들 중에는 '내일 해가 뜨지
않으면 어쩌지?' 하는 두려움보다 '그냥 내일이 오지 않았으면 좋겠다'
는 생각으로 잠드는 순간을 맞는 사람도 많을 것이다. 물론 나 또한 내
게 닥친 고통이 내가 견뎌낼 수 없을 만큼이라 여겨졌을 때는 그런 생
각도 한 적이 있다.

"하지만 결코 쉽게 내 삶을 놓아버리지 않을 수 있었던 것은, 그래도 아침에 눈을 떴을 때 맞이해야 할 새로운 날들이 내게 주어진다는 것, 그날들에 대한 설렘보다 더 가슴 벅찬 것을 가져본 적이 없기 때문이다."

그래, 알고 있다. 삶은 정말 만만치 않은 것이란 걸. 어떤 이는 배고픔에, 어떤 이는 부모를 잃은 슬픔에, 또 어떤 이는 사랑하는 이와의 갈등 때문에, 어떤 이는 노력하는 만큼 돌아와 주지 않는 결과 때문에…… 너무나 힘겹다는 걸. 끝나지 않을 것만 같은 고통이 이어질 때는 차라리 모든 걸 관두는 게 낫겠다는 생각도 한다는 걸.

그 모든 이들에게 '조금만 더 힘을 내'라고 말해주고 싶다. 조금 더 열심히, 조금만 더 용기를 내서 걸어가면 반드시 기쁨에 가득 찰 오늘이 온다고. 한 번쯤은 어제가 더 행복한 것이었다고 그날들을 더 그리워할 날도 온다고. 삶은 그런 한 순간, 한 순간이 모여 이루어지는 커다란 행복의 그림 같은 것이라고.

왈가닥 골목대장에게

—아빠의 편지—

음. 그러니까 네 어린 시절 이야기를 해 달라는 거지? 음……. 그래. 가만 보자……. 어디서부터 이야기를 해야 하나. 네가 기억하지 못하는 아기 때 이야기를 먼저 해야겠지? 근데 기억이 잘 날지 모르겠구나. 아무튼 말이야. 제니 넌 어릴 때부터 이미 상당한 개구쟁이였어. 넌 인정하지 않을지도 모르겠지만 말이야. 그렇다고 말썽을 많이 피워서 부모 속을 썩인 건 아니고. 뭐랄까 호기심이 엄청 남다른 애였다고 해야 할까?

너도 알다시피 우리 가족이 여기 루이즈빌에 처음 이사 온 게 아마 네가 네 살 때였지. 그때 아빠는 집 뒷마당에 작은 농구코트를 만들어 놨어. 네 오빠 앤디는 너보다 여섯 살이나 많았으니까 이미 그런 게 필요했지. 그리고 아빠도 가끔 슛 연습을 할 요량이었고.

농구코트가 생기자 네 오빠는 동네 친구들을 불러다가 뒷마당에서 농구 경기를 하는 걸 좋아하게 되었지. 근데 그럴 때면 매번 일등으로 농구코트에 가서 기다리는 사람이 누구였는지 아니? 바로 제니 너였어. 너무 작아서 농구공을 손에 들지도 못하면서 오빠들보다 먼저 농구코트에 들어가서는 같이 놀겠다며 으름장을 놓았지. 놀아주는 시늉이라도 해야지 안 그러면 막 울어버려서 네 오빠가 매번 진땀을 뺐단다.

그리고 이건 아마 그 전에 있었던 일인 것 같은데. 제니 넌 걸음마를 떼고부터는 항상 집안 여기저기를 분주히 돌아다니는 편이었거든. 집안에 계단이 많아서 좀 위험했지. 그래서 아빠 엄만 언제나 널 지켜보고 있어야 했어. 또 처음 보는 물건이 있으면 그게 뭔가 하고 한참을 들여다보거나 만지작거리는 걸 좋아했어. 그럴 때면 갑자기 말이 없어지고. '이게 뭐지?' 하는 표정으로 한참을 들여다보는 거야. 그러다 갑자기 그걸 입 안으로 쏙 집어넣어서 엄마 아빠를 놀라게 만들기도 했지. 그게 뭐든지 간에 말이야. 아기들은 원래 뭐든 입으로 먼저 가져가기 마련이라지만 그럴 때면 정말 깜짝 놀랐지.

어느 날인가는 집안으로 레이디벅, 그러니까 뭐냐 그 무당벌레 한 마리가 들어왔던 모양이야. 이 동네가 나무도 많고 도시 외곽이라서 마치 조용한 시골마을 분위기가 나잖아. 사실 그런 점이 좋아서 이사 온 것이기도 했으니까. 아무튼 그런 작은 날벌레들이 많은 편이었지. 그래서 무당벌레 같은 게 들어와서 집 안을 기어 다녀도 누구 하나 신경 쓰지 않아. 늘 있는 일이니까. 또 무당벌레는 특별히 조심해야 하는 해충도 아니고 말이야.

역시 그걸 발견한 건 제니 너였어. 여느 때처럼 집 안 여기저기를 활보하다가 그걸 발견한 거지. 아님 키가 제일 작아서 가장 먼저 발견한 건가? 하하. 아무튼 무당벌레 무늬가 알록달록하니 예쁘잖아. 그래서 호기심이 발동했는지 그 모습을 한참 동안이나 지켜보더라. 정말 조용히 말이야. 아빠도 뒤에서 그런 네 모습을 보고 있었지. 그러다 제니 네가 손으로 그걸 몇 번 툭툭 건드렸어. 역시 가만히 보고만 있을 수는 없었던 거야. 근데 그 바람에 그게 그만 힘을 잃고 움직임을 멈춘 거지. 열심히 기어 다니던 게 갑자기 딱 멈추니까, 제니 네가 깜짝 놀라서 움찔하는 거야. 그 뒷모습이 얼마나 귀여웠는지. 아빠 조용히 다가가서 물었지.

"제니야, 왜 그래?"

그런데도 제니 넌 얼음처럼 굳어서는 아무 말도 하지 않았어. 아빠가 옆에서 자꾸 물어보니까 "몰라, 이게 안 움직여."라고 작은 목소리로 말했지. 조금 겁을 먹은 것 같기도 했고. 그리고 나서도 한참이나 그걸

들여다보고 있는 거야. 그땐 얘가 왜 이러나 싶었는데. 나중에 생각해 보니까 그건 아마도 제니 네가 처음으로 죽음이라는 걸 목격한 게 아니었을까 싶더라. 네가 암 때문에 투병하는 걸 지켜볼 때도 아빠 가끔씩 그 생각이 났어. 넌 기억 못하겠지만 아빠에게 그건 참 잊히지 않는 기억 중 하나란다.

음……. 이번엔 제니 네가 좀 더 크고 난 후의 이야기를 해볼까? 물론 이제부턴 너도 기억이 날 거야. 넌 여자애였지만 밖에서 뛰어노는 걸 정말 좋아하는 애였지. 도시에 비한다면 이 동네는 아이들이 뛰어놀기에 참 적당한 환경이라고 할 수 있어. 그땐 더 그랬고 말이야. 넌 특히 운동하는 걸 좋아했어. 농구, 야구, 축구 등 정말 가리지 않고 다 좋아했던 것 같아. 워낙 활발한 성격이어서 아무하고나 잘 어울렸고 친구도 많았지.

우리 집 뒷마당에 있으면 너랑 네 오빠가 뛰어노는 게 다 보였거든. 네 엄마랑 난 차를 마시면서 그 모습을 지켜보곤 했지. 생각해보면 정말 평화롭고 행복한 시절이었어. 마치 그 순간이 언제까지나 지속될 것 같은 그런 기분이 들었지. 노느라 지친 너와 네 오빠가 들어오면 네 엄마는 쿠키 같은 걸 구워서 주곤 했어. 너희들 덕분에 나도 쿠키 맛을 봤고 말이야. 그 쿠키 맛이 정말 좋았는데. 언제 또 한 번 그 맛을 보고 싶구나.

항상 친구들과 잘 어울리는 편이었지만 네 성격이 워낙에 활발하다 보니까 자꾸만 대장노릇을 하려고 했어. 너도 인정할 거야. 그리고 분명 그런 게 못마땅한 친구들도 있었겠지. 뭐 애들은 서로 싸우기도 하고 질투도 하면서 크는 거니까 크게 걱정할 일은 아니었지만, 그래도 아빠 조금 걱정이긴 했어. 아마 부모라면 자기 자식이 어디서든 환영받길 바라는 게 당연할 걸? 다행히 나이를 먹어가면서는 다른 사람이랑 대결하려는 성향이 줄어들긴 하더라. 여전히 경쟁심이 강했지만 친구들 이야기를 잘 들어주려 하고, 다른 사람의 입장에서 생각하려는 게 보였지. 그건 참 다행이었어.

아, 그리고 우리 집 뒤에 작은 연못이 하나 있잖아. 너 한동안은 거기서 낚시를 한답시고 부산을 떨었단다. 처음엔 그냥 다른 애들이 하니까 따라 하는 수준이었는데 나중에는 거의 하루 종일 거기에 앉아 있었어. 참 별나다고 생각을 했지. 낚시가 그렇게 재미있었니? 물론 넌 뭔가에 한번 꽂히면 한동안은 거기에 몰두하는 성격이니까 별로 이상할 것도 없는데. 아마 낚시하면서도 일종의 경쟁심이 발동했던 게 아닐까? 누가 누가 많이 잡나, 뭐 그런 거였겠지. 히허. 그래서 그런지 물고기를 잡아도 집에 가져온 적은 없더라. 가져왔어도 뭘 어떻게 할 수는 없었겠지만. 그냥 잡는 데 의의가 있었던 걸 거야.

제니 네가 학교에 들어가면서는 성적이 참 좋았잖아. 그건 아빠도 인정할 수밖에 없겠다. 뭐든 욕심을 갖고 열심히 하는 성격 덕에 상장도 많이 받아왔지. 아빠 앤디랑 네가 상장을 받아오면 항상 벽에 붙이고 흐뭇해하곤 했어. 근데 제니 넌 나중에는 상장을 너무 많이 받아와서 도저히 전부 벽에 붙일 수가 없었어. 그래서 특별히 귀한 상이 아니면 서랍에 넣을 수밖에 없었지. 아, 그러니까 생각이 나는데. 네가 중학교 때 정말 큰 상을 받은 적이 있지? 미국 대통령이 주는 상이었는데, 그때 당시 대통령이 조지 부시였지? 그건 정말 미국 전체에서 받은 애들이 몇 명 없는 귀한 상이라고 했지. 사실 널 키우면서 정말 자랑스러웠던 적이 한두 번이 아니었는데.

고등학교에 가서 한동안은 그림을 그리겠다며 열심인 때도 있었어. 부끄럽지만 아빠가 그린 그림들을 보고 나서 그랬지? 그건 너도 부인하지 못할 거다. 아빠도 한때는 미술을 전공했었잖니. 엔지니어 일이 적성에 안 맞아서 잠깐 공부했었는데. 그때 미술 선생님들을 보니까 다 떨어진 블루진을 입고 있는 모습이 너무 가난하게 사는 것 같았어. 말도 안 되는 편견이긴 하지만 도저히 안 되겠다 싶어서 다시 엔지니어로 바꾸고 말았지. 저 그림 말이야. 거실에 걸린 네 그림. 그것도 아빠가 그렸잖아. 어느 날 네 얼굴을 보는데 정말 예쁘다는 생각이 들었지. 그래서 이 순간만큼은 남겨둬야겠다 싶어서 갑자기 그렸던 거야. 물론 남한테 보여줄 만한 실력은 아니지만.

제니 널 떠올릴 때면 아득히 사랑스러운 모습들만 떠올라. 모든 부모들이 자식들을 생각할 때 다 그렇겠지만 무엇에든 호기심을 갖고 내려다보던 너의 모습이 아빠에겐 천사와도 비교할 수 없을 만큼 예뻤으니까. 물론, 지금도 그렇고.

너는 어릴 때 나와 엄마가 기억하는 것보다 훨씬 더 밝고 건강한 소녀였단다. 무엇보다 주변의 모든 사람에게 웃음을 가져다주는, 너는 그런 존재였어. 그래서 어떤 어려움이 와도 그 아픔 때문에 누군가를 고통스럽게 하지 않으려고 애쓰는 너의 모습을 항상 느낀다. 너는 원래 그런 아이였으니까. 그런 너로 인해 아빠도, 또 주변의 많은 사람들도 힘을 얻고 있어. 너는 그렇게 강하고 긍정적인 에너지가 넘치는 아이야, 제니.

아빠는 언제까지나 우리 왈가닥 골목대장의 모습을 기억하며 살 거란다.

모든 이들에게 '조금만 더 힘을 내'라고 말해주고 싶다.
조금 더 열심히, 조금만 더 용기를 내서 걸어가면
반드시 기쁨에 가득 찰 오늘이 온다고.
한 번쯤은 어제가 더 행복한 것이었다고
그날들을 더 그리워할 날도 온다고.
삶은 그런 한 순간, 한 순간이 모여 이루어지는
커다란 행복의 그림 같은 것이라고.

삶은 배움의 연속입니다.
그래서 나는 매일 새로운 날을 기대하고
기 다 립 니 다

한국의 부모와 학생들이 공부에 엄청난 관심을 갖고 있다는 것은 누구나 잘 아는 사실이다. 그래서인지 한국 친구들과 이야기를 나눌 때, 혹은 그들의 이야기를 전해들을 때면 '공부'라는 것에 대해서 무척이나 스트레스를 많이 받고 있다는 것을 느낄 수 있다. 학생이라는 시기를 거친다는 것은 어쩔 수 없이 '공부'라는 것을 받아들여야 한다는 것인데, 내가 생각하는 '공부' 즉 무언가를 '배운다'는 것의 의미는 어쩌면 지금 그들이 느끼고 있는 것과는 다를지도 모른다는 생각을 해본다. 내가 모르고 있는 것을 알게 된다는 것은 참 가슴 설레고 재미있는 일인데, 그것이 의무적인 것이 되거나 목적이 분명하지 않을 때는 당연히 그 과정이 힘들 수밖에.

사람들이 "제니 넌 어떻게 그렇게 공부를 잘하니?"라고 물어볼 때마다 나는 자신 있게 "누구보다 많은 시간을 공부에 투자하니까요."라고 대답한다. 그리고 그것은 사실이다. 아직 나는 어리고, 더 공부해야 할 것이 한참 남아 있지만 내가 이 세상에 태어나 가장 많은 시간과 노력을 할애한 것이 공부라고 해도 과언이 아닐 만큼, 나는 '배우는 것'을 중요하게 생각한다.

많은 사람들이 짐작하겠지만 미국이라는 나라에서 한국 가정의 아이로 자란다는 것은 상당히 특별한 경험이다. 우린 분명 미국에 살고 있었지만 보통의 미국 사람들과는 달랐다. 한국인 부모의 학구열은 정말 대단한데, 거의 대부분의 한국 부모들은 자녀들이 좋은 성적을 받아 명문대학에 입학하는 것에 굉장한 자부심을 느낀다. 물론 미국인들도 그렇긴 하다. 하지만 한국인 부모와는 그 관심과 열망의 정도가 완전히 다르다. 그들은 자식의 미래를 위해 엄청난 시간과 자본을 투자할 의향이 있고, 또 실제로도 그렇게 한다.

우리 부모님도 공부에 욕심이 없는 분은 아니셨지만, 다행스럽게도 나는 부모님 못지않게 공부 욕심이 많은 아이였다. 승부욕과 눈썰미는 내가 또래의 다른 아이들보다 좋은 성적을 유지하는 데 많은 도움이 되기도 했다. 미국의 교육과정을 간단히 설명하자면, 보통의 수업은 4점의 점수를 만점으로 주지만, 수준이 높은 수업(AP클래스)의 경우 5점의 점수를 만점으로 준다. 만약 모두 5점짜리 수업을 듣고 모든 과목에서 A를 받는다면 평균 학점은 4점이 아닌 5점이 된다. 난 5점짜리 수업을 많이 들었다. 특히 다른 과목에 비해 수학이 상당히 앞서 있었다.

공부에 대한 열정은 내가 암에 걸려 치료 때문에 많은 수업에 불참해야 했을 때에도 다른 아이들에 비해 크게 뒤쳐지지 않을 수 있게 해주었다. 이미 따놓은 높은 점수는 물론, 어떤 상황에서도 공부에 대한 끈을 놓지 않은 끈기 덕분에 난 언제든 제자리로 돌아갈 수 있었다. 또한 난 선생님들과의 관계가 좋았는데, 굳이 '제니의 높은 성적'을 이야기하자면 빼놓을 수 없는 부분이기도 하다. 나는 특히 수학 과목을 공부할 때는 귀찮을 정도로 선생님을 찾아가 모르는 것을 물어보곤 했다. 선생님은 누구보다 나에 대해 잘 알고 있는 사람이니까, 그분과의 관계는 다른 어떤 학원이나 도움보다 중요한 것이라고 생각한다.

어쩌면 다른 이들이 보기에 악착스러울 만큼 그렇게 열심히 공부한 나. 주변의 이런저런 이야기를 들어보면 모든 것이 주어진 사람들보다 더욱 힘들고 어려운 환경 속에서 자신의 꿈을 이룬 사람들이 많다. 그들은 자신에게 주어진 삶이 어떤 모습이든 상관없이 새로운 것을 알기 위해 부딪치고, 그것을 자기 것으로 만들기 위해 노력한다. 시간을 아끼고 단 한 순간도 헛되이 보내지 않기 위해서 말이다.

나 역시 그들과 별반 다르지 않다. "제니, 너 왜 그렇게 열심히 공부하는 거야?" 나 스스로에게 물어본다. 그러면 나는 두 개의 단어가 떠오른다. '부모님' 그리고 '꿈'. 배움에 대한 내 욕구에 손과 발이 되어준 부모님. 그들을 위해서가 아니라 나에게 끊임없는 격려와 희생, 지지를 보내준 그들에게 나의 노력하는 모습과 열정은 희망이 되고 기쁨이 되어주었기 때문이다. 그들이 아니었다면 나는 이렇게 평범하지 않은 상황 속에서 제대로 청소년 시절을 보내지 못했을지도 모른다. 아무리 나의 의지가 강하다 하더라도 순간순간 무너질 수밖에 없는 과정들을 혼자서 극복할 수는 없었을 것이다. 부모님이 있었기에 가능한 일이었다.

그리고 '꿈'. 이제는 많은 이들이 내 꿈이 '의사'라는 걸 알고 있다. 어릴 때부터 암과 함께하는 삶을 산 여자아이가 커서 의사가 되어 또 다른 암과 싸우고자 한다는 이야기는 그리 특별할 게 없어 보인다. 사실, 난 아주 어릴 때 절대 되고 싶지 않은 직업이 바로 의사였다. 정상이 아닌, 항상 아픈 사람들만 돌봐야 하는 의사. 피나 고름, 상처 같은 것을 늘 보고 만져야 하고 그것을 치료해야 한다는 것에 온 신경을 집중해야 한다는 것이 별로 마음에 와 닿지 않았다. 하지만 내 생각이 바뀐 것은 암에 걸리면서부터였다. 아니, 그 이후 여러 의사들과 특별한 관계를 맺고 난 후부터라 해야 맞을 것 같다.

나를 치료하기 위해 만나게 된 몇몇 의사들을 통해 나는 그들이 단순히 환자의 상처가 아니라 환자의 삶을 위해 일한다는 사실을 알게 됐다. 그들을 이해하게 됐고, 그들을 만나는 것을 즐기게 되었다. 그들은 단지 몸의 병이 아닌 마음의 병을 치료해주는 사람들이었으니까. 꼭 정신과 의사가 아니더라도 말이다. 모든 의사가 다 그런 것은 아니겠지만 진심으로 사람의 목숨을 중요하게 생각하고 그 한 사람 한 사람의 삶이 건강하게 회복될 수 있도록 세심하게 배려하고 용기와 희망을 불어넣는 일을 가장 중요하게 생각하고 살아가는 사람들. 그들의 그런 생각은 환자가 스스로 병을 이겨내기 위해서도 너무나 중요한 것이었다.

의사가 되기로 마음먹은 후부터는 더 열심히 공부해야 했다. 실력 없는 의사에게 치료를 받고 싶어 하는 환자는 없을 테니까. 그리고 공부를 한다는 건 단순히 C 학점을 A 학점으로 만드는 데 그치지 않는다는 것을 알고 있다. 그렇기에 나는 더 많은 사람들과 만나 그들의 이야기를 듣고 배우며, 다시 내 자리로 돌아왔을 때는 책을 통해 삶에 대해 배운다.

"배운다는 것은 절실함 없이는 되지 않는 것일지도 모르겠다. 꿈을 향한 갈망, 간절함…… 그리고 '왜' 그것을 해야 하는지에 대한 스스로의 결론이 없다면 시간이 흐를수록 더 힘들어질지도 모른다."

하루는 24시간밖에 되지 않는데, 그 시간 동안 우리가 할 수 있는 일들은 한정되어 있다. 눈을 돌려 세상을 돌아보면 아직도 내가 모르고 있는 것들 투성이다. 내 몸이 성하든 그렇지 못하든, 나는 삶을 공부하는

데 그것이 그렇게 중요하다고 여기지 않는다. 앞으로도 그럴 것이다.

그리고 난 알고 있다. 내가 이 끈을 놓는 순간, 삶도 나를 놓아버릴지 모른다는 걸. 삶은 나를 쉬이 붙들어주지 않는다. 그래서 나 스스로 꼭 붙들고 있어야 한다. 그래야 삶도 그런 나를 되돌아봐준다.

과거의 잘못 때문에 고로워하기보다
다가올 새날에 대한 기대로
살 겠 습 니 다

몸이 건강하다는 건 얼마나 큰 축복인지 모른다. 건강한 사람들은 나처럼 병을 이겨내기 위해 많은 시간을 투자하지 않아도 될 것이다. 앞이 보인다는 건 얼마나 기쁜 일인지 모른다. 그런 사람들은 모든 것을 손가락으로 만지지 않아도 될 것이다. 들을 수 있다는 건? 말할 수 있다는 건? 또 다리가 있다는 건…… 얼마나 기쁜 일일까.

수술을 받기 바로 전날 나는 친구들과 볼링을 치러 갔었다. 그때가 다리를 마음껏 움직일 수 있는 마지막 순간이 될 거라는 걸 난 이미 알고 있었다. 그 소중한 시간을 헛되이 보내고 싶지 않았다. 그래서 수술 전 긴장도 해소할 겸해서 즐거운 시간을 보내기로 한 거였다. 신나게 놀다 돌아와서 다음 날 예정대로 수술을 받았다. 그 후 다시는 다리를 정상적으로 쓸 수 없게 되었다.

다른 곳보다도 다리를 제대로 쓰기까지는 무척 오랜 시간이 걸렸다. 지팡이를 써서 걷기까지도 2년 정도가 걸렸으니까. 수술 후 처음에는 의사나 물리치료사가 들어와서 걸음보조기를 사용해 걷는 연습을 시키곤 했는데, 다리를 전혀 움직일 수가 없었다. 머리로는 다리를 들어 올리려고 하는데 앞으로 나아가질 않았다. 그래서 걸음보조기를 잡고 다리를 질질 끌고 가야만 했다. 계단 같은 데를 오를 때는 누군가 다리를 들어서 한 계단씩 올려주어야만 했다. 근육이 다시 생성되기 위해서는 그렇게라도 다리를 써야 했다.

암에 걸리면서 견디기 힘들었던 것 중 하나는 암이 환자에게만 영향을 미치는 게 아니라 가족들 모두에게 큰 영향을 미친다는 사실이었다. 엄마 아빠는 내 다리가 회복되기까지 어디든 나와 함께 다녀야만 했다. 마치 불편해진 내 다리를 대신하는 것처럼. 그분들은 자기 다리에 이상이 생긴 것보다 더 아프고 불편해야 했다. 모든 삶의 중심을 나에게 두었고, 대부분의 시간을 나를 위해 보내야 했다. 아무리 오랜 시간이 지나도 그분들의 사랑을 완전히 이해하기는 어려울 것이다.

그렇게 불편한 다리를 하고도 고등학교를 무사히 마칠 수 있었던 건 역시 가족들의 도움 덕이었다. 대학을 멀리 다니면서 그런 점을 더 실감할 수 있었다. 난 캘리포니아에서 대학을 다녔는데, 거기서는 모두가 해변에 나와서 비치발리볼이나 프리스비 같은 놀이들을 즐겼다. 그런 놀이에 초대받지 못한다는 건 무척 슬픈 일이었다. 가족들이 곁에 있었다면 함께 갈 수 있었겠지만 그럴 수도 없었다. 그럴 때면 정상적으로 다리를 쓸 수 있던 시절이 너무 그리웠다.

남들처럼 뛸 수 없게 된 건 분명 슬픈 일이었다. 그걸 처음 알았을 때는 화가 많이 났다. 지금도 가끔은 불편한 다리 때문에 짜증이 날 때가 많다. 하지만 동시에 두 다리가 있는 게 다행이라는 생각도 든다. 난 두 다리를 가지지 못한 사람을 여럿 알고 있다. 물론 그 사람들은 다리를 가진 사람 못지않게 자신의 인생을 당당히 살아가고 있지만 말이다. 나 역시 감염 때문에 다리를 절단할 뻔했던 적이 있는데, 상상만으로도 너무 무서워서 도저히 마음을 진정시킬 수가 없었다. 그런 생각을 하면 다리가 있다는 것만으로도 얼마나 다행인지 모른다.

지금 나에게 있어 가장 중요한 물건을 꼽으라면 다른 무엇도 아닌 지팡이를 꼽을 것이다. 지팡이를 써서 걸을 수 있게 되었을 때 안도의 한숨을 내쉬었던 기억이 생생하다. 그 전에는 걸음보조기를 이용해서 걷거나 목발을 짚고 다녀야 했기 때문에 양손이 자유롭지 못해서 아무 것도 들고 다닐 수가 없었다. 지팡이를 쓰면서 한 손이 자유로워진 게 너무 좋았다. 난 해리포터 시리즈를 정말 좋아하는데, 비록 해리포터가 가

이탈리아에서 아빠와 함께.

진 마법지팡이는 아니지만 내 지팡이는 내겐 마법 같은 도구다. 나에게 없어서는 안 될 중요한 도구이고, 이제는 지팡이가 마치 내 팔의 연장선처럼 느껴지기도 한다.

두 번 다시는 볼링을 칠 수 없고, 또 여전히 부모님의 도움을 빌려야 하지만…… 그래서 그 모든 것들을 받아들이고 극복하기까지는 꽤 많은 시간과 용기가 필요했시만 난 디 이상 잃어버린 것, 내가 놓쳐버린 것, 내 과거의 잘못들 때문에 원망하고 아픈 시간을 보내지 않기로 했다. 누구나 살면서 나쁜 일을 겪을 텐데, 그때마다 부정적인 사실에만 집중한다면 그 삶은 얼마나 불편하고 우울한 것이 될까. 그렇다고 문제들이 해결되거나 상황이 나아질 것도 아닌데. 난 평생 다리를 절룩거리게 되었지만, 그래도 내 지팡이만 있으면 어디든 절룩거리며 갈 수 있다. 그것으로 충분하다.

암에 대한 후유증은 다리를 저는 것 외에도 쉽게 피곤해진다는 그림자를 달고 왔다. 그래서 요즘은 조금만 공부를 해도 금세 어지럼증이 온다. 집중하기도 예전만큼 쉽지가 않다. 의사가 되기 위해 거의 쉬지 않고 책을 봐야 하는데, 때때로 그것조차 너무 힘들기도 하다. 남들이 온 신경을 집중해 책상 앞에 앉아 있을 때에 난 마음껏 그들처럼 할 수 없으니까. 나는 내가 원하는 성적과 목표를 이루기 위해 그들보다 더 많은 시간과 노력을 투자해야 함에도 불구하고 그럴 수가 없다.

하지만 이런 생각들에 휩싸여 있었다면 꼬리에 꼬리를 무는 부정적인 생각들로 여기까지 오지 못했을 것이다. 나는 내 몸이 어딘가로 향하기 위해 마법의 지팡이를 들고 절룩거리며, 남들보다 조금 더 더디게 가야 하는 것처럼 꿈을 향한 내 여정도 그렇다는 생각이 든다.

"나는 그저 '감사하기'로 했다. 조금 더디더라도, 절룩거리는 내 모습이 조금은 우스울지라도, 나는 불평불만하지 않고 가기로 했다. 남들은 내가 그들보다 더 많은 것을 잃어가면서 내 삶의 끝을 향하는 것처럼 여길지도 모른다. 하지만 내 다리가, 내 잃어버린 많은 부분들이 나를 더 단단하게 만들어주고 있다는 사실을 그들은 모른다. 나는 마치 한쪽이 비워지면 또

다른 한쪽이 채워지듯 잃어버린 모든 것을 '감사'로 채워나가
고 있으니까."

　그래서 후회하지 않는다. 마법의 지팡이만 있으면 어디든 갈 수 있
고, 어떤 꿈이든 이룰 수 있다. 그리고 그 지팡이는 누구에게나 주어진
다. 감사하지 못하는 사람에겐 보이지 않을 뿐.

"하나를 잃으면 반드시 하나가 더 찾아온다.
잃어버린 한 가지보다
새로 찾아올 한 가지에 더 집중한다면,
결코 외롭지 않은 삶을 살 수 있다."

Chapter 2

잃어버린 하나보다
새로 찾아올 하나를
기쁜 마음으로
기다릴 것

핑계와 변명으로 현실을 거부하는 일보다,

모든 것을 운명으로 받아들이고

주어진 현실에서 다시 시작하는 것이

가장 빠른 길이다

사랑하는 엄마……

만약 내가 다른 부모에게서 태어나 정상적인 삶을 살 수 있게 된다 하더라도, 난 절대 그 삶을 선택하지 않을 거예요. 다른 엄마와 건강한 삶을 살기보다는 차라리 엄마와 함께 암을 이겨내는 삶을 살고 싶어요. 엄마가 다시 내 엄마일 수 있다면 난 꼭 그 삶을 선택할 거예요…….

누군가 떠날 때에도,
무언가가 사라질 때에도,
슬퍼하는 대신 새로 올 것들을 준비하며
기 다 리 겠 습 니 다

난 공부 못지않게 노는 것도 좋아했다. 특히 운동. 땀을 흘리며 마음
껏 뛸 수 있다는 게 얼마나 즐거운 일인지는 누구나 잘 알고 있을 거다.
초등학교 때는 주로 농구를 했고, 중학교 때는 배구에 열심이었다. 고
등학교에 입학해서는 아예 배구부에 들어가 본격적으로 선수활동을 시
작했다. 물론, 배구로 대학에 진학할 생각은 아니었지만(사실 그 정도로 실
력이 뛰어나지도 않았다) 배구를 하고 있을 때면 시간 가는 줄을 몰랐다. 매
일 몇 시간씩 연습을 해도 지칠 줄을 몰랐으니.

보통 수업이 끝난 후인 오후 3시부터 저녁 8시까지는 배구연습을 했
고, 집에 돌아오면 다시 책상 앞에 앉아 공부를 시작했다. 그러다 보니
자연스레 내 취침 시간은 새벽 1시가 보통이었고, 일주일에 한 번씩 새

벽훈련을 나갈 때면 잠이 턱없이 부족했다. 부모님은 배구 때문에 공부할 시간이 줄은 데다 잠도 못자서 걱정하셨지만 나는 둘 다 포기할 수가 없었다. 꾸벅꾸벅 졸아가면서도 배우는 것과 신나게 뛰는 것, 두 가지 기쁨 중 어느 하나를 포기한다는 건 정말 무엇보다 어려운 일이었다.

시합을 앞둔 때에는 더 많은 연습을 했다. 난 특히 스파이크 서브가 약해서 걱정이 이만저만이 아니었다. 연습을 할 때마다 스파이크로 서브를 넣으면 항상 네트를 넘기지 못하는 것이었다. '팀에 피해를 주면 안 되는데…….' 시합을 앞두고 매일 몇 시간씩 서브 연습을 했는데도 잘 되지 않았다. 머리를 싸매고 앉아 '왜 안 될까'를 고민하다 방법은 연습밖에 없다는 생각에 남들이 보지 않을 때에도 혼자 매일 연습을 했다.

그 숨은 노력들이 빛을 발휘한 것일까. 신기하게도 실제 시합 당일, 나는 놀랍게도 서브를 성공시킬 수 있었다. 그렇게 한 번 감을 잡고 나니 훨씬 쉬워졌다. 그리고 꿈같은 일이 벌어졌다. 상대편이 내 서브를 못 잡아내는 통에 우리 팀이 월등한 점수로 시합에 이겨버린 것이다. 우리 팀은 뜻밖의 결과에 모두 부둥켜안고 펄쩍펄쩍 뛰며 기뻐했다.

배구부 활동을 그토록 즐거워했던 것은 내 성격과 잘 맞아떨어진 이유도 있었다. 게다가 나는 배구부의 주장이었기 때문에 항상 리더십을 발휘해야 했고, 그것이 더 큰 애착심을 갖게 한 것도 있다. 친구들과 팀을 이루어 연습하고 그 결과로 승리를 거머쥐는 과정은 정말 매력적인 것이었다. 시합에서 이기고 지는 것이 큰 의미가 있는 것은 아니었지만, 그래도 '승리'가 가져다주는 기쁨은 그 어느 것보다 최고였다. 모든 이들의 땀의 결실이 좋은 성적으로 맺어지는 순간이었으니까.

열여섯 살이 되던 해. 난 여느 때와 마찬가지로 배구 시즌에 대비하기 위해 열심히 연습을 하고 있었다. 그런데 언젠가부터 연습을 할 때 뛰어 오르기만 하면 골반이 아파왔다. 처음엔 너무 연습을 많이 해서 근육통이 생긴 거라고 여겼기에 경기가 시작되기 전에 진통제를 먹으며 버텼다. 그런데도 통증이 가라앉지 않는 것이다. 한 달이 지나도록 계속 버텼지만 좀처럼 나아질 생각을 하지 않았고, 어느 날엔 다리가 너무 아파서 제대로 걷지도 못하고 절뚝거릴 지경에 이르렀다.

'갑자기 왜 이러는 걸까.'

흔히 다리가 아프면 하듯 나는 결국 참다 못해 병원에 가서 엑스레이를 찍었다. 하지만 그것만으로는 원인을 알 수가 없었다. 다시 MRI, 또 MRI 검사. 역시 정확한 진단이 나오지 않았다. '아니, 의사들이 바보인 거야? 사진을 이렇게 찍었는데도 알 수가 없다니, 대체 뭐가 잘못된 거야?'

난 검사 때문에 자꾸 학교를 빠지는 게 속상했고, 같은 검사를 계속 해야 한다는 것도 이해가 되지 않았다.

세 번째 MRI 촬영을 위해 갔을 때는 CT 스캔을 해야 한다는 이야기를 들었다.

'CT 스캔이라고? 그건 종양을 찾기 위해서 찍는 거 아닌가?'

내 소중한 시간을 반복되는 검사로 허비해야 한다는 것에 속상해 있던 나는 CT 촬영이라는 말을 듣고 덜컥 겁이 나기 시작했다. 의사는 CT 촬영이 꼭 종양 검사뿐 아니라 다른 목적으로도 다양하게 사용되고 있다고 설명은 해주었지만 머릿속이 복잡해져 오는 생각들은 지울 수가 없었다.

'뭔가 잘못되고 있는 거야⋯⋯.'

그렇게 CT 스캔을 받은 후에도 결과가 나오려면 한참의 시간이 걸렸다. 어느 날 친구 집에서 과제를 하느라 모여 있는데 엄마가 나를 데리러 왔다.

"제니, 가야지⋯⋯."

차를 타고 가는 동안 엄마는 아무 말이 없었다. 이상한 기분에 엄마의 얼굴을 바라보는데, 선글라스 아래로 눈물이 흐르고 있는 게 보였다. 난 덜컥 겁이 나서 "엄마, 아빠랑 이혼해요?"라고 물었다. 엄마는 내 말에 가볍게 미소를 지으며 말했다.

"아니, 그런 게 아니고…… 오늘 네 담당 의사이신 션 선생님이 전화를 하셨더라고. 네 검사 결과가 나왔다고 말이야."

엄마의 눈물. 그리고 약간은 떨리는 목소리. 내 심장은 쿵쾅거리기 시작했다.

"선생님이, 네 골반에 어떤 덩어리가 있는 걸 발견하셨대."
"덩어리? 그럼 혹시 그게 종양인 거예요?"

엄마는 머뭇거리다가 작은 목소리로 대답했다.

"응."
"네…… 그랬군요."

그것은 아무런 예고도 없이 나의 삶 속으로 다시 들어왔다. 하지만 골반에 종양이 있다는 걸 알고 난 후에도 한동안은 그것이 암이 아닐 수도 있다는 기대를 했다. 종양의 95퍼센트는 암이 아니라는 말을 어딘가에서 들었기 때문이다. 그러나 조직검사 결과 그것은 뼈암의 일종인 골육종(Osteosarcoma)인 것으로 확인되었다.

'나에게 암이 생겼다고? 거짓말! 장난이야!'

암이라는 것과 나를 연관 지어 생각하기란 너무 어려웠다. 사실, 어릴 때 암이 걸렸다는 것도 허벅지에 남은 흉터 때문에 엄마에게 물어 알게 된 것이지, 그 전에도 그 후로도 난 그저 그것이 좀 심한 감기처럼 앓고 끝나버린 거라고 생각했을 뿐 심각하게 여기질 않았다. 그런데 암이라니. 난 이렇게 밝고 건강한데, 어떻게 그럴 수 있지?

엄마가 내 흉터에 대해 "넌 암에 걸렸었고, 그건 사람이 죽을 수도 있는 무서운 병이지만 우린 그걸 이겨냈어. 이제 다 나았어."라고 말해주었을 때 난 오히려 '와, 멋진데!'라는 생각만 했었다. 심지어 동네 친구들에게 흉터를 보여주며 자랑을 하기도 했다.

그런 내게 15년 만에 다시 암이 찾아온 것이다. 그것은 쉽게 실감할 수 없는 현실로 다가왔다. 그렇게 큰 병에 걸리는 게 무얼 뜻하는 것인지 이해하기에는 그때의 나 역시 너무 어렸으니까. 그게 무서운 병이어서 두렵다기보다 이제 내가 뭘 어떻게 해야 하는지를 알 수 없어 답답한 마음이 들었다고 하는 게 맞을 것 같다.

나만큼이나 큰 충격을 받은 것은 부모님이었다. 그것은 내가 알고 느낄 수 있는 첫 번째 암이었지만 엄마, 아빠에겐 두 번째였으니까. 이토록 건강하고 힘이 넘치는 내가 다시 암에 걸릴 것이라고는 전혀 생각지도 못한 것 같았다. 아빠는 내가 아기 때 화학치료를 하지 않은 게 원인일지도 모른다는 생각에 스스로를 책망했지만, 뼈암은 그것과는 전혀 관계없는 별개의 암이라고 했다.

"그게 암이 확실하다면 제니 네가 받아야 하는 수술은 평생 널 정상적으로 걷지 못하게 만들 거야. 달리거나 점프가 필요한 운동도 하지 못할 거란다."

수술을 담당하게 된 위킨슨 선생님의 설명이었다. 선생님의 말이 끝나자마자 난 첫 질문으로 이렇게 말했다.

"배구가 달리기나 점프가 필요한 운동인가요?"

너무나 당연한 사실이었지만 난 그때 그렇게 물을 수밖에 없었다. 아마 선생님의 입을 통해 직접 확인을 받고 싶었던 것 같다. 아니면 다른 방식으로라도 계속해서 배구를 할 수 있다는 의견을 듣고 싶었던 건지도 모르겠다.

"배구를 할 수 없게 되는 건가요? 그런가요?"

물론 선생님의 대답은 내 기대와는 달랐다. 내가 더 이상 배구를 할 수 없다는 것은 너무나도 분명한 사실처럼 보였다. 그것을 이해하게 되자 눈물이 왈칵 쏟아졌다. 암이나 수술에 대한 두려움보다 내가 열정을 갖고 해나가던 일들을 더 이상 할 수 없다는 사실이 나를 슬프고 두렵게 했다.

골반의 그 작은 덩어리가 암이라는 걸 확인한 후, 수술을 받기까지 두 달 동안은 통원치료를 하면서 암세포를 최대한 죽이는 과정을 거쳐야 했다. 뼈암은 골반 아래 양쪽 좌골에 위치해 있었고 그걸 제거하기 위해서는 골반 전체를 들어내야 한다고 했다. 암과 함께 많은 양의 근육을 없애고 인공골반을 이식할 거라고 했다. 수술 후에는 엄청난 통증이 올 거라고도 했다.

그런 큰 수술을 받아본 적이 없었기에 수술 날짜를 받고부터는 겁이 밀려왔다. 부모님은 온 힘을 다해 날 위로해주었지만 정작 수술대 위에서 모든 것을 감당해야 하는 것은 나 자신이었기에 마음을 진정시키는 일이란 여간 어렵지 않았다.

'난 나쁜 아이도 아닌데, 아무 잘못도 하지 않았는데…… 왜 내가 이런 일을 겪어야 하지?'

온갖 의문들이 머릿속을 맴돌았다. 대상없는 원망과 깊이를 알 수 없는 불안으로 하루하루 밤을 지새웠다. 손을 모으고 모든 게 거짓말이었으면 좋겠다는 기도를 수없이 하고, 이게 꿈이라면 얼른 깨어나 다시 배구장에서 점프를 하는 내 모습을 그리곤 했다. 하지만 선잠에서 깨어 눈을 뜨면 어김없이 모든 것은 현실이었다. 달라진 게 있다면 더 수척해진 부모님의 모습과, 점점 더 가까워지는 수술 날짜뿐.

난 매사에 비관적인 생각을 잘 하지 않기에 현실을 부인하고 스스로를 괴롭히는 일이 그 어느 때보다 힘겨웠다. 그러다 친구 어머님이 책상 위에 놓아주고 간 한 권의 책에서 나처럼 암에 걸린 한 여자의 이야기를 읽게 되었다. 그 여자도 다리에 암이 생겼고 수술을 받았지만 결국 한쪽 다리를 절단할 수밖에 없었다. 그럼에도 좌절하지 않고 노력해 장애인 올림픽에 나가 1등을 했다는 내용이었다.

암에 걸리지 않았다면 그냥 '그런 일이 있었군.' 하며 대수롭지 않게 여겼을지도 모를 그 이야기가, 수술에 대한 두려움에 떨고 있던 나에게 큰 위로가 되어주었다. 난 그녀의 많은 이야기들 중 한 문장을 뽑아 영원히 가슴에 새겨두었다.

"암 때문에 다리 하나를 잃었지만, 지금 한 다리로 할 수 있는 것들이 두 다리로 하던 것보다 더 많습니다."

'그래, 별 거 아닐 거야.' 난 더 이상 울지 않으리라 다짐했다. 그 눈물은 이제 무의미한 것이니까. 아픔은 아픔대로 남겨두고 난 새로 시작될 내 미래에 대한 준비를 시작했다.

"두려움에 싸여 있으면 기쁨을 느낄 수 없다. 이것이 끝이 아니라는 것을 믿으니까, 나는 내가 잃어버릴 것들보다 새로 다가올 것들을 준비할 것이다. 그게 인생을 더 행복하게 사는 방법이니까."

나는 그렇게 두 다리보다 더 강한 마음의 힘으로, 서서히 일어설 준비를 하고 있었다.

내가 어떤 모습이든
나를 사랑하고,
나를 만들어주신 이들을
축 복 합 니 다

사랑하는 나의 엄마, 아빠에게 씁니다.

엄마! 그리고 아빠!

두 분 같은 사람들이 내 부모님인 게 얼마나 축복인지 말로 표현하기 어려워요. 고맙다는 말을 아무리 반복해도 부족할 거야. 그래서 난 여기에서 또 고맙다는 말을 해야겠어요.

엄마. 엄마는 내가 태어날 때부터 LFS를 갖고 있었다는 걸 알고부터 죄책감을 가졌지요. 유전자 돌연변이가 착상의 순간에 일어난다는 것을 듣고 나서 엄마는 자기 잘못일 수도 있다고 말하곤 했어요. 하지만 그건 절대로 엄마 잘못이 아니에요. 이건 의사든 과학자든 하다못해 생물학 수업을 한 번이라도 들어본 사람이라면 알 수 있어요. 유전자 돌연변이는 DNA가 복제될 때 무작위로 생기는 거니까요. 그건 엄마의 잘못도, 물론 아빠의 잘못도 아니에요. 그러니 이젠 그런 죄책감으로 울지 말아요. 나처럼, 항상 웃어야 해요.

만약 다른 엄마한테서 태어나 정상적인 삶을 살 수 있게 된다 하더라도, 난 절대 그 삶을 선택하지 않을 거예요. 나는 엄마가 없는 삶을 상상조차 할 수 없어요. 다른 엄마와 건강한 삶을 살기보다는 차라리 엄마와 함께 암을 이겨내는 삶을 살고 싶어요. 엄마가 다시 내 엄마일 수 있다면 난 꼭 그 삶을 선택할 거예요. 엄마, 아빠는 그만큼 내게 소중한 사람들이니까.

사실 난 가끔 엄마가 된다는 게 무서워요. 왜냐하면 난 엄마의 4분의 1만큼도 해내지 못할 것 같으니까요. 우리가 과일을 나누어 먹을 때 엄마는 항상 맛있는 부분을 내게 먼저 주었죠. 그것처럼 엄마는 항상 엄마 자신보다도 내가 먼저였어요. 암에 걸린 나를 위해 엄마가 어떤 노력들을 했는지, 나를 보살피기 위해 어떤 고통을 참아냈는지 나는 알고 있어요. 하지만 난 그것에 보답하는 방법이 무언지 전혀 알 수가 없어요. 내가 약물 때문에 잠들지 못하는 밤이면 엄마는 항상 내 옆에서 심

내가 10학년이던 2004년에 엄마, 아빠와 스탠퍼드를 방문한 이후, 우린 2006년에 다시 한 번 캠퍼스를 찾았다. 엄마와 나무 위에 올라가 찍은 사진.

야 쇼프로를 함께 보며 내 말동무가 되어주었죠. 엄마는 내가 30알의 알약들을 시간에 맞춰서 먹을 수 있도록 매일 체크해주었어요. 밤에도 낮에도 내가 손을 뻗는 곳에는 항상 엄마가 있었어요. 엄마는 내가 회복하는 것에만 집중할 수 있도록 해주었어요. 엄마는 세상에서 가장 훌륭한 엄마이고, 든든한 지원군이고, 내 가장 친한 친구야.

그리고 아빠! 아빠는 어릴 때부터 참 힘든 삶을 살았지요. 난 항상 그걸 안타깝게 생각해왔어요. 아빠가 어렸을 때 할아버지 할머니께서 돌아가셔서 아빠는 다른 사람보다 일찍 스스로를 책임져야 했어요. 언어도 모르는 낯선 땅에 와서 살았음에도 아빠는 당당히 대학을 졸업했고, 엔지니어가 되어서 돈도 많이 벌었고, 이렇게 아름다운 가족도 만들었어요. 아빠가 열심히 살아주었기 때문에 앤디 오빠와 난 부족함 없이 자랄 수 있었어요. 우리는 아무 걱정 없이 재미있게 놀면서 자라기만 하면 되었어요.

대부분의 인생에서 부모님의 보살핌을 받지 못한 아빠가 이렇게 훌륭한 아빠가 됐다는 게 난 참 놀라워요. 뿐만 아니라 아빠는 우리를 굳건한 믿음을 가진 기독교인으로 키워냈잖아요. 나에게 믿음이 없었다면 어땠을까요? 그건 내가 가진 가장 큰 무기인데. 그게 없었다면 난 암과의 싸움에서 이기지 못했을 게 분명해요.

가끔 우리의 의견이 달라서 말다툼을 할 때도 있었죠. 어릴 때는 아빠에게 반항을 했던 적도 있었겠죠. 하지만 내가 아빠를 얼마나 존경하는지 알아줬으면 좋겠어요. 아빠가 밉거나 싫어서 그런 건 절대 아니야. 그냥 철이 없어서 그런 거였지.

그토록 힘들게 젊은 시절을 보낸 아빠가 계속해서 암에 걸리는 나 같은 딸을 갖게 되어서 정말 미안하게 생각해요. 여유롭게 인생을 즐겨야 하는데. 아픈 딸을 보살피느라 또 고생을 시켜서 미안해요. 그리고 고마워요. 모든 이들이 부러워하는 훌륭한 아빠여서 너무 고마워요.

엄마, 아빠!

난 그동안 여러 번 암에 걸렸고 하나님의 뜻으로 매번 살아남았어요. 그건 굉장한 행운이었어요. 암과의 싸움이 아직 끝나지 않았기 때문에 이런 말을 해서는 안 된다는 걸 알지만, 비록 내가 이 싸움에서 최종적으로 이기지 못하더라도 난 아무렇지 않다는 걸 엄마 아빠가 알아줬으면 해요. 물론 한 명의 인간으로서 내 삶은 굉장히 힘들고 고통스러운 거였어요. 하지만 한번 상상을 해봐요. 천국에 갔을 때 내가 완전히 건강한 몸을 가진다는 걸 말이에요. 그때 내가 얼마나 행복할지를요. 암의 흔적도 다 없어지고 난 다시 배구를 할 수 있게 될 거예요. 나는 그날을 기다리고 있어요.

지구에서의 천 년의 세월은 천국에서의 1초에 불과한 거래요. 그래서 난 아마 엄마 아빠를 너무 오랫동안 보고 싶어 하지 않아도 될 거야. 그렇지만 엄마 아빠가 나 없이 여생을 살아야 하는 걸 생각하면 가슴이 찢어질 것처럼 아파요. 그러니 만약 내가 그렇게 된다면 이걸 기억해주세요. 나는 아름다운 새 집에서 행복하게 지내고 있다는 걸. 거기서 엄마 아빠가 일을 마치고 집에 돌아오기를 기다리고 있다는 걸. 그걸 알아주었으면 해요. 그게 엄마 아빠에게 위로기 되었으면 해요.

"하지만 끝까지 내 삶을 포기하지 말아줘요. 왜냐하면 하나님이 나에게 이런 일이 생기도록 허락하신 데는 분명한 이유가

있으니까요. 내가 이걸 견뎌야 한다면 거기에는 이유가 있고, 견딜 수 없다면 거기에도 역시 이유가 있을 거예요. 엄마 아빠도 남은 삶을 살아가야 하는 이유가 있고, 하나님은 그 남은 삶을 살아갈 수 있는 힘도 주실 거라고 생각해요."

내가 이번에 살아남지 못하더라도 굿바이가 아니라는 걸 잊지 마요. 우리는 꼭 다시 만날 거고, 다시 같이 살 수 있어요. 난 동네 아이들과 열심히 뛰어놀다가 엄마가 만들어주는 쿠키를 먹으러 집으로 뛰어 들어올 거야. 그럼 아빠가 내 쿠키를 뺏어먹을 거야. 꼭 그렇게 될 거야. 엄마 아빠, 많이 보고 싶을 거야.

모든 사랑의 마음을 담아
아기 공주 제니가

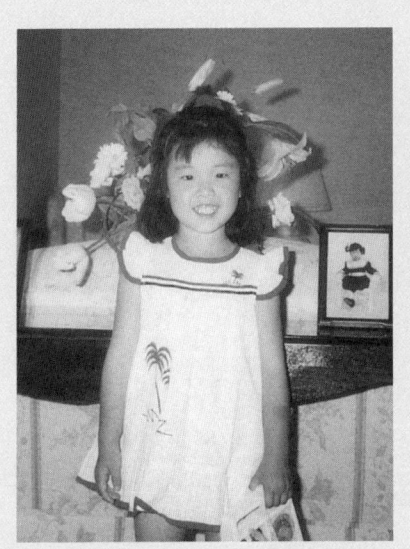

그리고 난 알고 있다.

내가 이 끈을 놓는 순간, 삶도 나를 놓아버릴지 모른다는 걸.

삶은 나를 쉬이 붙들어주지 않는다.

그래서 나 스스로 꼭 붙들고 있어야 한다.

그래야 삶도 그런 나를 되돌아봐준다.

혹시
가장 절망적인 순간 앞에 선다 해도
불 평 불 만 하 지   않 겠 습 니 다

지금껏 수없이 많은 외과적 수술과 다양한 항암치료를 이겨내 왔지만 암을 치료하는 것에 대해 선뜻 이야기하기가 쉽지는 않다. 지금 이 순간에도 암을 비롯한 갖가지 병마와 싸우고 있을 많은 사람들에게 실례가 될까 두렵기 때문이다. 내가 쓴 글이 누군가에게 용기와 희망을 준다면 좋겠지만, 뜻하지 않게 괜한 의심과 불안을 안겨줄 수도 있는 거니까. 그래서 난 무척 조심스럽다.

분명하게 말할 수 있는 건 암에 걸리는 것은 단순한 질병에 걸리는 것과는 전혀 다른 차원의 문제라는 사실이다. 암에 걸린 사람은 자신이 기존에 알고 있던 여러 가지 상식들이 무너지는 걸 여러 번 경험하게 된다. 특히 고통에 있어서 그렇다. 그러한 고통이 존재한다는 것에 놀라고, 그것을 이겨낼 수 있다는 것에 다시 한 번 놀라게 된다.

골반에서 암을 제거하는 수술은 엄청난 기술과 집중력을 필요로 했다. 사실 성공한다는 보장도 거의 없었다. 아빠가 캘리포니아에서 만나고 온 한 종양 전문의의 말에 의하면 몇 십 년 동안 골육종이 좌골 양쪽에 있는 사람 중에 살아남은 사람을 본 적은 없다고 했다. 암이 양쪽에 있다는 건 한쪽에서 다른 한쪽으로 이미 전이가 일어났다는 것을 의미하기 때문에 그만큼 생존 확률이 낮다고 했다. 그러나 다행히도 위킨슨 선생님은 그런 한계를 뛰어넘는 의사였다. 수술은 성공적이었다.

오늘날 대부분의 사람들이 말기 암의 위험에 대해 충분히 알고 있고, 초기에 발견할 경우 치료가능성이 높다는 것도 잘 알고 있다. 의학기술의 발달로 이전에는 불가능했던 다양한 암 치료가 가능해졌다. 지금도 그 가능성은 날로 증가하고 있다. 하지만 암이 치료되었다는 사실은 순전히 결과에 불과하다. 암을 앓는 당사자에게 정작 중요한 건 암을 치료하는 과정에 있다. 나 역시 처음에는 그런 사실을 잘 몰랐다.

수술 직후 얼마 동안은 도무지 정신을 차릴 수가 없었다. 신경안정제와 진통제를 비롯해 엄청나게 많은 약을 처방받았다. 몸을 조금만 움직여도 골반 뼈가 아팠다. 기침을 하는 것도 무서웠다. 차를 타고 갈 때면 조그만 흔들림에도 극심한 통증이 느껴졌다. 마치 사방이 바늘로 뒤덮여진 상자 속에 앉아 있는 것과 같았다. 움직이면 아팠기 때문에 항상 가만히 있으려고 애를 썼다.

수술 부위가 회복되기도 전에 강력한 화학치료를 연이어 받았다. 사실 수술보다 고통스러운 건 화학치료였다. 그것은 암세포를 죽이기 위한 것이었지만 덩달아 멀쩡한 세포도 죽였기 때문에 수술 부위가 아무는 걸 방해했다. 아물지 않은 수술 부위에서는 시도 때도 없이 고름 같은 게 흘러나왔다.

화학치료에는 보통 다섯 가지 약이 쓰인다고 했다. 그게 정확히 어떤 것이었는지 모르겠지만 그중 하나는 내 입과 그 주변을 너무 아프게 했다. 수많은 염증들이 하나로 뭉쳐져서 입술 위아래를 뒤덮고 있는 느낌이었다. 혀와 목구멍에도 염증이 생겨서 먹을 수도 마실 수도 없었다. 수술 후 4주 동안 거의 아무것도 먹지 못했다. 뭔가를 먹거나 마시면 그게 염증에 달라붙어 손으로 뜯어내야만 했다. 운동으로 다져진 체력이었지만 급속도로 쇠약해져갔다.

화학치료는 몸안에 있는 모든 혈구들을 죽이는 작용을 한다고도 했다. 혈구 생산을 촉진하기 위해 주사를 놓으면 골수가 평소보다 더 많이 활성화되어 뼈가 더 아팠다. 뼈가 아프다? 이것을 글로 쓰는 건 너무나 간단하다. 하지만 그 고통을 표현할 적당한 말이 떠오르지 않는다. 그 고통은 진통제를 투여해도 전혀 줄어들지 않았다. 기억을 떠올리는 것조차 버거운 일이다.

나중에는 수술 부위에 감염이 생겨서 다시 한 번 큰 수술을 받아야 했다. 재수술을 피하기 위해 감염 부위를 긁어냈지만 헛수고였다. 모든 것의 반복이었다. 다시 한 번 골반을 들어냈고 인공골반을 이식했다. 몸에 아무런 기운도 남아 있지 않았다. 빨대로 물을 마시는데 힘이 없어서 물이 올라오지 않았다. 숨을 쉬는 것조차 버거웠다.

아빠는 그때 내가 죽을 수도 있겠다는 생각을 했다고 한다. 수술은 끝났지만 너무 오랫동안 음식을 먹지 못했고, 의사들도 더 이상 할 수 있는 일이 없었으니까. 내가 아무리 고통을 호소해도 진통제 외에는 방법이 없었다. 심지어 진통제를 투여해도 고통이 줄지 않았다. 병원에서는 더 강한 진통제를 처방해주겠다고 했는데, 그건 정부의 승인을 필요로 하는 거라고 했다. 아빠는 지푸라기라도 잡고 싶은 심정으로 전에 치료받은 적이 있는 한방병원으로 나를 데리고 갔다. 그렇게 독한 약물을 계속해서 투여할 바엔 침이라도 맞아보자는 거였다.

내 몸은 약간의 진동만으로도 극심한 고통을 느꼈기 때문에 자동차는 전혀 속력을 낼 수 없었다. 엄마는 고속도로에서도 깜빡이를 켠 채 천천히 차를 몰아야 했다. 엄청나게 긴 시간 동안 차를 타고 이동했다. 그때 부모님의 심정이 어땠을지 나로서는 도저히 상상하기가 어렵다. 그때도 난 고통을 참느라 가는 내내 거의 아무런 생각도 하지 못했다. 아니 무언가를 생각했더라도 기억하는 게 불가능하다.

겨우 도착한 한방병원에서 침을 맞았다. 아팠지만 이를 악물고 참았다. 침을 다 맞고 나자 갑자기 배가 고파왔다. 입맛이 돌아온 걸까.

"아빠, 나 한국 음식이 먹고 싶어……."

왜 갑자기 한국 음식이 먹고 싶었는지는 모르겠다. 다행히 근처에 한국 음식점이 있어 밥을 시켰고, 찌개와 밥을 있는 힘을 다해 먹었다. 너무 오래 굶어서인지 꽤 많은 양을 계속해서 먹었다. 그때 문득 내게 든 생각은 이 모든 것을 운명으로 받아들여야 한다는 사실이었다. 받아들이지 않고서는 한 발짝도 앞으로 나아갈 수 없다는 게 너무나 분명했다. 내게 주어진 카드패가 이것이라면 그것을 손에 들고 남은 게임을 해나가는 것이 내가 할 수 있는 최선이었다. 난 살기 위해 정말이지 열심히 밥을 먹었다.

모든 것을 받아들이기로 작정하자 마음이 한결 가벼워지는 걸 느꼈다. 하지만 고통은 전혀 줄어들지 않았다. 독한 약물과 화학치료 때문에 머리카락이 빠졌다. 자고 일어나면 베개 위로 머리카락이 수북했다. 샤워를 할 때도 머리카락이 한 주먹씩 빠졌다. 그러면 샤워를 하다 말고 주저앉아 울었다. 고등학생인 여자 아이에게 그것은 쉽게 감당할 수 있는 것이 아니었다.
대부분의 사람들이 이런 상황을 '절망'이라 부르지 않을까 싶었다. 그래, 그때 내 의지로 아무것도 할 수 없었던 그때의 나는 내 온몸 구석구석에 스며드는 절망감을 느꼈던 것 같다. 몸을 움직이는 것도, 밥을 먹는 것도, 심지어 숨을 쉬는 것조차 힘겨워하던 그 순간의 나는 순간순간 이대로 모든 것이 끝나버리는 것이 나았을지도 모른다는 생각도 할 뻔했다. 하지만 나는 그러지 않았다.

"아무리 고통스럽다 해도 나는 쉽게 이겨내기 힘든 수술을 성공적으로 이겨냈고, 이렇게 살아남아 다시 예전처럼 돌아가기 위한, 회복을 위한 싸움을 하고 있는 거니까. 내가 믿는 하나님께 '왜 내게 이런 고통을 주시는 거예요'라며 떼를 써보고도 싶었지만 만약 내가 지금 이 고통에 대한 불평이나 불만을 한다 해서 달라질 것은 없었다. 그런 부정적인 생각들은 지금 아파하고 있는 내 세포들을 더욱 아프고 용기 없게 만들 뿐이었다."

나는 지그시 눈을 감고 모든 고통을 조용히 받아들였다. 물론 그것은 쉽게 가라앉지 않았다. 하지만 조금씩 나는 그 고통의 줄어듦과 함께 성숙해지고 있었다. 그리고 나는 믿었다. 다시 내가 웃을 수 있게 된다면, 지금의 이 날이 가장 사랑스러울 것이라고.

나에게 손가락질하는
누군가를 위해
한 번 더
기 도 하 겠 습 니 다

언젠가 암 클리닉에 갔을 때 암을 앓고 있는 애들을 본 적이 있는데 그 애들은 탈모가 한참 진행된 상태였다. 그런데 제대로 면도를 하지 않아서 머리카락이 여기저기 몇 가닥만 남아 있었다. 그 모습이 보기 흉하다는 생각을 했었다. 절대로 그렇게 되고 싶지는 않았다.

"엄마, 난 차라리 머리카락을 전부 다 밀어버릴래."

막상 그렇게 마음을 먹고 엄마와 함께 미용실에 갔지만, 정말 내 머리카락이 하나도 남김없이 다 잘라져나가는 것을 보면서, 나중에는 너무 슬퍼서 거울을 제대로 쳐다볼 수도 없었다. 머리카락을 완전히 밀고 미용실에서 나오는데 겨울이라 찬바람이 매서웠다. 면도를 해서 그런지 머리가 너무 차가워서 나도 모르게 "앗, 너무 추워."라고 말해버렸다. 그러자 언젠가 아빠가 한 말이 생각났다.

"제니야, 머리카락이 없는 사람이 얼마나 추운지 넌 모를 거야."

아빠는 예전부터 대머리였기 때문에 항상 모자를 쓰고 다녔다. 난 아빠가 대머리인 걸 자주 놀리곤 했다. 그런데 이제 그럴 수가 없었다. 더이상 아빠를 놀릴 수 없다는 생각을 하자 피식 웃음이 나왔다.

집에 돌아와서 머리카락이 없는 내 자신을 거울로 봤을 때 생각보다 흉하다는 생각은 들지 않았다. 오히려 병을 이겨낼 때는 머리카락이 없는 게 다행이라고 생각했다. 여러 가지 강도 높은 치료를 받다 보면 몸을 씻을 기력조차 남아 있지 않을 때가 많았고, 시도 때도 없이 구토를 하기 때문에 머리카락이 있는 게 오히려 불편했다.

'치료가 끝나면 머리카락은 다시 자랄 거야. 아빠를 놀릴 수 없게 된 것 말고는 아무 것도 변한 건 없어.'

난 그렇게 마음을 먹었다. 혹여 이런 내 모습을 누군가 비웃으면 어쩌지, 나는 그때 고작 열여섯 살이었기에 그런 생각을 하지 않을 수는 없었다. 누구든 그 나이라면 거울 속에 비치는 자신의 모습이 누구보다 아름답기를 바랄 테니까. 지금 내 모습은 단순히 다시 자랄 수 있는 머리카락을 잘라버린 것뿐이었지만 나는 또 한 번 크게 숨을 들이쉬며 이 모든 것을 받아들이기 위해 애썼다.

"달라진 건 아무것도 없어. 혹여 누군가 내 모습을 보고 웃는다면, 그 사람이 이런 날 위해 기도해줄 수 있도록 나 또한 그를 위해 기도하겠어."

하지만 그 누구도 나를 보고 웃지 않았다. 그리고 난 다시 일상으로 돌아가기 위해 애썼다. 몸을 움직일 수 있게 되면서부터는 다시 학교에 나가기 시작했다. 한 학기하고도 반을 쉬었다. 부모님은 좀 더 쉬기를 바라셨지만 난 그럴 수가 없었다. 병 때문에 학업을 늦추는 게 정말 싫었다. 그럴 필요도 없다고 생각했다. 아직 겨울이 한창이었지만 난 걸음보조기를 다리에 차고 절룩거리며 학교로 들어갔다. 아빠는 그 모습을 걱정스런 눈빛으로 바라보곤 했다.

사실 학교에 다닐 수 없다는 건 내게는 또 다른 의미의 고통이었다. 난 어릴 때부터 학교생활에 욕심이 많은 아이였으니까. 어쨌든 학교를 쉬는 게 싫었다. 남보다 뒤처지는 것도 싫었다. 그래서 병실에 누워 있을 때도 책을 봤다. 언젠가 그날도 역시 항암제를 맞으면서 역사책을 보고 있었는데, 간호사가 그 모습을 보더니 웃으며 이렇게 말했다.

"제니야, 너 내가 세 시간 전에 여기 왔을 때도 그 페이지였는데, 아직도 페이지가 하나도 안 넘어갔네?"

암으로 머리카락을 잃었을 때 친구들은 내가 우울해지지 않도록 자신들의 머리카락을
빌려주었다. 장난기 가득한 고등학교 친구들과 함께.

책을 읽겠다고 펼쳐들고는 있었지만 약기운 때문인지 바로 전에 읽은 부분이 잘 생각나지 않았다. 그래서 읽은 부분을 또 읽고 또 읽고 하던 게 벌써 세 시간이나 지났다는 것이었다. 하지만 항암제를 맞으면서 그렇게 열심히 책을 보는 애는 내가 처음이라고 했다.

"넌 지금 키모(Chemotherapy) 브레인이야. 화학치료를 받는 동안 어떤 것도 배울 수가 없어."

하지만 난 그 말을 듣지 않았다. 하루 종일 한 페이지라도 읽어보려고 애를 썼다. 여러 가지 약물 때문에 정신이 없을 때가 많아서 의미 없는 짓이 될 게 뻔했지만 그렇게라도 하지 않으면 도저히 마음을 진정시킬 수 없었다.

다행히 졸업이 늦어지거나 하지는 않았다. 엄마가 어릴 때부터 받게 했던 여러 가지 교육 덕에 많은 선행학습이 이루어진 게 도움이 되었다. 게다가 병원에 있는 나를 위해 선생님은 자기 시간을 할애해서 개인지도를 해주셨다. 학교에 나가서 해야 하는 과제들 대신 다른 과제를 만들어주셔서 병원에서도 공부를 이어갈 수 있었다. 엄마가 과제를 대신 받아오면 병원에서 과제를 하는 식이었다. 또 학교의 교직원들도 내 사정을 안타깝게 여기시고 나에게 많은 행정적인 편의를 제공해주었다. 내 생각에는 성적을 매길 때도 나에게 굉장히 후한 점수를 주신 것 같다.

열일곱, 나의 깜짝 생일 파티.

'어떻게 암 치료를 받으면서 학업을 이어갈 수 있었을까?' 내게 그 질문을 해오는 사람들이 많다. 하지만 솔직히 나로서도 제대로 설명하기가 어렵다. 확실한 건 주변 분들의 따뜻한 배려가 없었다면 학교를 제때 졸업하지 못했을 게 분명하다는 거다. 내가 처한 상황은 나 혼자만의 노력으로는 도저히 헤쳐 나갈 수 없는 무게였다. 언제나 하나님이 내 곁을 지켜주셨고, 그분이 보내주신 것이라고 밖에는 생각되지 않는 많은 사람들이 있었기에 그 과정을 이겨냈다.

그렇게, 모든 과정을 거쳐 나는 나의 열일곱 번째 생일을 맞이할 수 있었다. 이미 병원에서 퇴원한 상태였지만 그날도 난 화학치료를 받기 위해 병원에 가야만 했다. 치료를 받고 집으로 가는 길에 부모님은 잠시 볼일이 있다며 친구네 집에 나를 맡겨두었다. 평소 자주 가던 곳이었기에 나는 다소 피곤한 몸을 뉘인 채 그곳에서 부모님을 기다렸다. 조금 후 아빠가 나를 데리러 왔다.

"제니, 집에 가는 길에 세이프웨이(대형 마트)에 잠깐 들러야 할 것 같아."

"갑자기 왜? 뭐 살 게 있어요? 나 빨리 집에 가서 쉬고 싶은데……."

"음…… 스프라이트 몇 병을 사야 하거든."

아빠가 스프라이트가 아닌 다른 것을 이야기했더라면 눈치를 채지 못했을지도 모르겠다. 하지만 우리 가족 중에 탄산음료를 마시는 사람은 없었다. 의심의 눈초리로 내가 물었다.

"왜 스프라이트를 사야 하죠?"

아빠는 잠시 머뭇거리더니 멋쩍게 웃으며 말했다.

"아, 절대로 너의 열일곱 번째 깜짝 생일 파티를 준비하는 건 아니야."

집에 도착하자 나를 놀래주기 위해 숨어 있던 가족과 친구들이 한꺼번에 나와서 소리쳤다.

"서프라이즈!"

거짓말에 소질이 없는 아빠 덕에 미리 알아버리긴 했지만 그 어느 때보다 기쁜 생일 축하 파티였다. 그것은 내 열일곱 번째 생일을 축하하기 위한 것이기도 했지만 내가 여전히 살아 있다는 사실을 축하하는 자리이기도 했으니까. 그러므로 그것은 실패한 파티가 아니라 성공한 서프라이즈 파티라고 할 수 있었다.

나는 그렇게 살아남았다.

"단 한 사람이라도
내게 찾아온 기쁨으로 함께 웃어줄 수 있다면,
단 한 사람이라도
내게 닥친 아픔으로 함께 울어줄 수 있다면,
지금 내 곁에 단 한 사람이라도
그런 이가 존재한다면,
최선을 다해 살아갈 이유는 충분하다."

Chapter 3

함께 해주어
감사하다고,
좀 더 많은 이들에게
말해줄 것

삶이란,

폭풍이 지나가는 것을

기다리는 것이 아니라

비와 함께

춤을 추는 것이다

제니야, 오빠야.

모두가 알듯 넌 평범하지 않은 삶을 살아왔어. 그 끝없는 고통 속에서, 넌 충분히 이기적인 선택을 할 수 있었지만 그렇게 하지 않았지. 넌 너와 같은 고통을 안고 살아가는 사람들을 위해 봉사하고, 더없이 밝은 웃음으로 많은 사람들에게 희망을 줬어. 난 오빠지만 그런 너를 존경하지 않을 수 없단다. 넌 나의 영웅이자 모두의 희망이야……

나를 사랑한다는 것은,
나를 둘러싼 모든 것을
사랑하는 것임을
기 억 하 겠 습 니 다

아침 일찍 존 아저씨와 캐롤린 아주머니를 방문하기 위해 길을 나섰
다. 콜로라도에 돌아오고 제일 먼저 찾아왔어야 했는데, 이런 저런 일
들 때문에 미루다가 이제야 오게 되었다. 두 분은 내게 가족만큼이나 따
뜻하고 가까운 사람들이다.

"하이, 제니. 어서 와라. 이건 뭐야? 세상에······! 꽃을 다 사왔네."

캐롤린 아주머니를 위해 꽃다발을 준비했는데, 그녀가 마음에 들어
하는 눈치여서 다행이다.

"꽃이 참 예쁘다. 그래, 뭐 줄까? 쿠키 있어. 물 줄까? 아니면 차?"

자리에 앉기도 전에 아주머니는 내게 먹을 걸 챙겨주기 바쁘다. 아주머니는 내가 새로 얻은 딸이나 마찬가지라고 했다. 언제나 내게 전화를 걸어 내 건강을 묻고 내 앞날을 걱정해주신다. 존 아저씨도 마찬가지다. 나 역시 LA에 있는 동안 두 사람 생각을 자주 하곤 했다.

이분들을 처음 만난 건 2004년이었고 그때 나는 이제 막 암과 싸우기 시작한 고등학생이었다. 그 후 7년여의 세월 동안 우리는 작은 일상까지도 시시콜콜 나누며 가족처럼 지내고 있다. 사실 지금의 나와 이 두 사람을 연결시켜준 것은 그 아들 크레스튼이었다.

크레스튼을 처음 만난 건 고등학교 1학년 스페인어 수업시간에서였다. 당시에 그는 휠체어를 타고 교실에 나타났는데, 다들 그냥 다리가 불편한 아이라고만 생각했다. 우연히 그와 한 조가 된 내가 그에게 물었다.

"넌 왜 휠체어에 타고 있는 거야?"
"그냥, 약간, 건강상의 문제 때문에."

그의 짧은 대답. 하지만 휠체어에 탄 것 말고 겉으로는 아무런 문제가 없어 보여서 난 더 이상 묻지도, 궁금해하지도 않았다.

바로 다음 해에 내가 암 진단을 받고 입원해 있을 때 병원으로 한 통의 편지가 배달되었다. 편지 속에 동봉된 사진을 보고서야 스페인어 수업시간에 만난 그 아이라는 걸 알게 되었다. 바로 크레스튼의 편지였다. 알고 보니 그는 이미 오래 전부터 나처럼 암에 걸려 투병 중이었고, 내가 암에 걸렸다는 사실을 전해 듣고 내게 도움을 주고 싶어 편지를 보내온 거였다. 그가 휠체어를 타고 있었던 이유가 암 때문이었다는 건 너무나 뜻밖의 사실이었다.

그 후 크레스튼과 나는 친구가 되었다. 그리고 그의 부모님과도 여태껏 소중한 인연을 이어오고 있다.

"제니, 살은 좀 쪘니?"
"네. 조금요."
"잘했다! 참 기뻐! 몇 파운드 더 쪘니?"
"보기보단 많이 안 쪘어요. 2~3파운드 정도밖에 안 되는 것 같아요."
"아니야, 그것도 잘했다. 너한테는 그 정도도 많은 거지."

크레스튼은 내게 특별한 의미가 있는 친구였다. 내가 암에 걸렸을 때에도 내게는 많은 친구가 있었지만, 누구도 내 병과 내 고통을 마음속

깊은 곳으로부터 이해하고 공감할 수는 없었다. 그건 어쩌면 너무나 당연한 것이었다. 내 일을 자기 일처럼 슬퍼하고 안타까워할 수는 있어도 당사자의 마음이 되는 것은 불가능한 거니까. 다시는 마음껏 뛰어다닐 수 없다는 그 아픈 사실 앞에서도 난 혼자였다. 하지만 크레스튼과 친구가 되면서 나는 그것들을 나눌 수 있었다.

크레스튼은 암에 걸리기 전에 미식축구 선수였다. 내가 암 때문에 배구를 할 수 없게 된 것처럼 크레스튼 역시 암 때문에 좋아하던 미식축구를 중단해야 했다. 그런 경험을 공유함으로써 우리는 조금이나마 서로의 아픔을 다독일 수 있었다. 또한 크레스튼은 공교롭게도 나처럼 뼈암을 앓았기 때문에 치료과정에 대해 누구보다 잘 알고 있었고, 오랜 시간 동안 암과 싸우면서 어떻게 대처해왔는지를 내게 보여줄 수 있었다.

"크레스튼의 방이 그대로지? 그 아이의 물건은 다 여기에 뒀어."

캐롤린 아주머니는 크레스튼이 떠난 후에도 여전히 그의 방을 보존 중인 모양이었다. 이렇게 크레스튼의 방에 들어와 있으니 마치 그 아이가 뭘 사러 잠깐 자리를 비운 것 같다는 착각이 들 정도였다. 언제라도 집에 돌아와서 자기 침대에 벌러덩 드러누우며 "제니 왔냐? 이거 마실래?"라고 말해줄 것만 같다. 하지만 안타깝게도 그는 이제 이곳에 없다.

"아, 제니 너 알고 있니? 초등학교 때 크레스튼 미술 선생님이 크레스튼을 위해서 꽃을 따다가 자기가 쓴 시와 함께 보내왔잖아."

"네, 기억해요. 와, 코팅하셨어요?"

"응. 코팅해서 여기에 뒀어."

크레스튼!

우리는 몹시 우네.

우리의 사랑하는 이가 고통 없이 떠돌기에.

그 작은 소년이 가는 것에는 어떤 이유도 없었네.

우리는 모두 우리 사이를 걷는 이 천사를 사랑하도록 자랐네.

이런 영감과 빛을 보는 일은 거의 없을 거야.

그의 영혼은 우리의 나날들을 상기시키려는 듯 우리는 어루만지네.

그의 오늘을 생각할 때면 난 오직 사랑만이 느껴지네.

지금, 그리고 영원히……

너는 그가 어떻게 그 100가지 진실을 가르쳐주었는지 알 거야.

삶의 의미에 관한…….

로라B. 웹스터

크레스튼의 초등학교 미술교사

2005년 10월 4일

동봉된 것들은 그가 이 지구에 남긴 날들에 대한 색깔들. 두려움도, 걱정도, 고통도 없는 곳으로 그를 보낸다. 지구는 그에게 진심으로 가장 소중한 색의 송별을 주었다.

모두에게 사랑을 전하며. 당신의 슬픔에도 축복이 내리기를.

"정말 아름다운 시네요."

"그렇지?"

따뜻한 가슴과 시선을 가진 나의 친구, 크레스튼.

　그것이 어떤 종류의 것이든, 고통과 싸우는 사람은 자신이 평소에 알던 것을 제대로 실천하기가 어렵다. 아는 것을 행동으로 옮기는 데는 또다른 의지를 필요로 한다. 고통 앞에서 굳은 결심은 매분 매초마다 온데간데없이 사라진다. 나 역시 그랬다. 어릴 때부터 밝고 긍정적이었던 내 성격은 수술에 대한 공포와 화학치료의 고통 앞에서 한동안 전혀 발휘되지 못했다. 크레스튼이 아니었다면 아마 언제까지나 그랬을지도 모르겠다. 그 아이로부터 긍정적인 사고가 병을 이겨내는 데 얼마나 중요한지를 다시 한 번 배웠고, 내 원래의 모습을 되찾을 수 있었다.

　"아주머니, 크레스튼의 눈을 기증했다고 하지 않았나요?"

"응, 기증했지. 한쪽은 아일랜드에 있는 소녀한테 가고, 남부에 있는 남자가 나머지 한쪽을 받았지."

"잘됐네요."

"응, 그 애는 죽기 전에 자기가 천사를 봤다고 했어. 자기 눈을 받은 사람들도 천사를 볼 수 있다면 좋겠다고 했지."

그가 본 천사는 어떤 모습이었을까? 그는 분명 하나님이 계신 곳에서 지금의 내 모습을 지켜보고 있겠지. 크레스튼! 보고 있니?

내가 크레스튼을 보며 느꼈던 것은 세상을 바라보는 시선이었다. 그가 세상을 바라보는 눈은 따뜻하고 포근하며 깊고 아늑했다. 그런 그의 눈을 받은 사람들 또한 그렇게 세상을 아름답게 바라보며 살 수 있겠지. 나는 그와 함께 이곳에서 숨 쉬고 있지 않지만 그와 함께 있을 때만큼이나 따뜻함을 느낀다. 캐롤린 아주머니의 변함없는 모습, 그리고 이렇게 고통을 이겨내고 꿋꿋하게 발을 내딛고 있는 나, 또한 그 주변 모든 사람들까지도……

사랑을 한다는 것은 나 자신뿐 아니라 내 주변 사람들, 그리고 내 고통뿐 아니라 그 모든 이들의 단점과 아픔까지 모두 끌어안는 것을 의미하는 것 같다. 누군가는 '그건 너무 힘겨운 일'이라고 말하겠지만 사랑을 한다는 것, 사랑을 줄 수 있다는 것이 얼마나 행복한지를 경험한 사람에게는 결코 그것이 힘든 일이 아니라는 걸 나도 이제 조금은 알 것 같다.

　"누군가에게 힘이 되어준다는 것은 아픔도 기쁨도 함께 나눌 수 있는 마음의 준비가 되어 있다는 것을 의미한다. 그것은 세상을 향해 열린 마음을 가지고, 사랑을 주고 받는 데 대한 거부감을 놓았다는 의미도 된다. 그 단추를 여는 일은 처음엔 무척 어렵지만 주변에 웃는 사람이 많아지고 그 긍정적 에너지로 인해 결국은 슬픔보다 기쁨이 커지는 것을 느끼면 분명 더 쉬워질 것이다."

　크레스튼. 내가 그를 보며 내 안에 있던 에너지들을 다시 끌어낼 수 있었듯이 나 또한 수많은 사람들을 그렇게 끌어안을 것이다. 그리고 그들이 나로 인해 희망과 용기를 얻게 되기를 바란다. 그것이 곧 사랑이고, 그 사랑은 누구나 태어날 때부터 가지고 있다는 것을 믿으니까.

Dear 제니

—오빠의 편지—

모두가 알다시피 너는 다른 사람과는 다른 삶을 살아왔지. 어렸을 때도 넌 유독 다른 사람들의 눈길을 끄는 아이였어. 네가 귀엽고 예쁜 아이였기 때문이었는지, 아니면 너의 명석함과 뛰어난 성적 때문이었는지, 잘은 모르겠어. 아무튼 넌 언제나 사람들의 주목과 칭찬을 받는 아이였어. 그래서 난 예전부터 네가 굉장히 특별하고 위대한 일을 할 거라고 생각했단다.

하지만 고등학교 때 뼈암이 생기면서 네 인생에도 큰 변화가 생겼지. 동시에 우리 가족도 완전히 다른 삶을 살게 되었어. 일반적인 고등학생들이 여러 가지 스포츠 이벤트나 댄스파티에 가는 동안 너는 침대에 누워 있어야 했고, 항암치료를 받아야 했고, 네 생명을 지키기 위해 투쟁해야 했으니까. 물론 넌 고등학교 친구들과도 좋은 추억이 있지만 다른 애들에 비해 많지는 않을 거야.

누군가의 삶에서 영웅이 된다는 건 쉬운 일이 아니겠지. 제니 너에게는 아마 크레스튼이 그런 사람일 거야. 너희 둘은 함께 암과 싸웠어. 크레스튼은 너에게 힘을 주었고, 너의 신앙에 대해서 건강한 도전을 주었고, 네가 암을 극복할 수 있는 무기도 주었지. 난 크레스튼이 너에게 남겨준 선물들에 대해 항상 고맙게 생각한다. 또 한편으로는 크레스튼 같은 오빠가 되어주지 못한 걸 너무나 미안하게 생각해.

넌 암에 걸리고도 대학진학을 포기하지 않았어. 그리고 건강한 아이들도 가기 어려운 명문대에 입학했어. 게다가 넌 뼈암과 뇌암을 동시에 치료하면서 대학을 다녔고, 심지어 제때 졸업을 했지. USC의 상징인 트로이 용사처럼 넌 싸워서 이겼어. 대학을 졸업할 때쯤에는 너에 대한 이야기가 많이 알려져서 우리가 사는 곳뿐만 아니라 미국의 다른 곳, 또 세계의 여러 나라 사람들이 너의 삶을 응원하게 되었지. 너의 집념과 투지는 많은 사람들에게 귀감이 되었어.

너의 지난 삶을 돌이켜볼 때 넌 이기적일 수 있는 충분한 자격이 있는 사람이야. 넌 너만을 위한 삶을 살 수도 있었고, 심지어 삶을 포기할 수도 있었지. 그렇지만 너는 그렇게 하지 않았어. 움츠리고 있기보다는 주어진 환경 속에서 너만의 결과물을 남기기 위해 끝없이 노력했지. 넌 암과 관련된 여러 단체들을 통해 다양한 활동을 하면서 다른 암환자들에게 용기를 주었고, 그 단체들이 세상의 관심을 좀 더 얻어내는 데 일조했지. 건강한 사람도 하기 힘든 그런 일들을 넌 아픈 몸을 이끌고 당차게 해낸 거야.

특히 네가 나에게 남긴 흔적은 그 누구의 것보다 중요한 거였어. 너도 잘 알겠지만 기독교인으로써 다른 기독교인들이 하나님과의 관계를 유지하도록 격려하는 일은 굉장히 중요하지. 제니 너는 내게 하나님께 의지하는 방법과 필사적인 심정으로 그분과 가까이 할 수 있는 길을 가르쳐주었어. 너의 삶을 통해 나는 하나님에 대해 더 잘 알게 되었고, 그분과의 관계를 더 진전시킬 수 있었고, 나의 신앙을 더 공고히 키울 수 있었어.

그래서 난 너에게 고맙다는 말을 하고 싶다. 나는 네가 영향을 준 수많은 사람들 중 하나일 뿐이지만, 너의 오빠로써 네가 한 것과 마찬가지로 다른 이들에게 좋은 영향을 주는 삶을 살고 싶어. 너는 내 영웅이고, 나의 롤모델이다. 너에게 크레스튼이 그랬던 것처럼 말이야.

존경을 담아서, 앤디

그 어떤 고독하고 힘겨운 상황에서도
함께 싸워주는 이들이 있음을
기 억 하 겠 습 니 다

암을 치료하면서 이 무서운 질병과 싸우는 사람들이 정말로 많다는 걸 알게 됐다. 어떤 사람들은 암 환자가 아님에도, 가족 중에 암에 걸린 사람이 전혀 없음에도 그런 활동을 하는 데 기꺼이 자기 시간을 내놓았다. 그건 참 놀라운 일이었다. 그들의 힘이 모이고 모여서 인류가 암을 극복하는 데 필요한 여러 가지 중요한 수단들이 마련될 수 있다는 건 더욱 놀라운 일이었다. 한 개인의 노력으로는 도저히 이루어질 수 없는 많은 일들이 그런 사람들에 의해 일어나고 있었다. 그리고 지금 이 순간에도 일어나고 있다.

암과 관련한 가장 대표적인 비영리단체로는 '미국 암협회(American

Cancer Society)'를 들 수 있다. 이 협회에서 주최하는 모금 행사 중 가장 규모가 큰 행사로 '릴레이 포 라이프(Relay for Life)'라는 행사가 있다. 이 건 일반 대중들에게도 꽤 많이 알려져 있고, 협회에 가장 많은 재원을 제공해주는 중요한 행사다. 이 행사에서 모인 재원은 암 연구를 위한 지 원활동이나 암 환자를 위한 다양한 서비스를 제공하는 데 쓰인다. 가령 몸이 불편한 암환자가 장을 봐야한다거나 MRI를 찍기 위해 병원에 갈 교통수단이 필요할 때 전화를 하면 무료로 서비스를 제공해준다. 이런 서비스들은 그들의 삶이 좀 더 평온할 수 있게 돕는 역할을 한다.

릴레이 포 라이프는 1985년 5월 워싱턴주 타코마에 사는 고르디 클 라트(Gordy Klatt)이라는 의사에 의해 처음으로 시작되었다고 한다. 그는 암과 싸우고 있는 그의 환자들을 지원하기 위해 기금을 모으기로 결심 했고, 그 방법으로 생각해낸 것이 평소 즐겨하던 마라톤이었다. 24시간 동안 멈추지 않고 트랙을 달리면서 암 연구를 위한 모금활동을 하기로 한 것이었다. 그것이 릴레이 포 라이프의 시초가 되었고 현재는 세계 각 국에서 이 행사가 이루어지고 있다.

'암이 잠들지 않으니 우리도 잠들지 않으리라.'

이 슬로건은 그들의 목적을 상징적으로 잘 표현해주는 말이다.
릴레이 포 라이프의 참가자는 팀을 구성해서 미리 등록을 해야 하고,

릴레이 포 라이프에 참여했을 때.

행사가 진행되는 24시간 동안 적어도 한 명은 반드시 트랙을 돌고 있어 야 한다. 주로 트랙이 행사장 중간에 있고 나머지 사람들은 그 안팎에 서 각종 게임을 즐기면서 트랙을 도는 사람을 응원하게 된다. 그리고 행 사를 시작하기 전에는 스스로 모금활동도 한다.

행사 당일에는 암과의 싸움에서 생존한 사람들과 현재 투병 중인 사 람들, 그리고 그들의 가족과 친구들 등 각계각층에서 다양한 사람들이 참석한다. 생존자들이나 암환자의 유가족들이 연설도 하고, 자신의 투 병 이야기를 다른 이들에게 들려주기도 한다. 나 역시 고등학교 때 암 이 발병하면서부터 친구들과 함께 팀을 꾸려 릴레이 포 라이프에 참여 하기 시작했고, 올해로 벌써 6년째 꾸준히 활동해오고 있다.

바로 몇 달 전에도 내 베스트 프렌드인 제나와 함께 LA에서 열린 릴레이 포 라이프 행사에 참석했다. 그날 거기에서 풍선을 나눠주었는데 풍선 색깔로 몇 년 동안 생존했는지를 표시하기 위함이었다. 보라색은 10년을, 빨간색은 1년을 뜻하는 거였다. 난 보라색 풍선 두 개와 빨간색 풍선 두 개를 들고 트랙을 돌았다. 나중에는 다리가 아파서 휠체어에 의지해야 했지만, 내 이야기를 사람들에게 전할 수 있었고, 나 역시 그들에게서 삶을 살아가는 데 필요한 영감을 얻는 좋은 기회가 되었다.

미국의 대학에는 또한 'Colleges Against Cancer'라는 단체가 있는데 이는 미국 암협회 하에 있는 조직으로 대학단위에서 진행되는 협회 활동들을 주도하는 역할을 한다. 나는 USC에 다니는 동안 이 단체에서 생존자 의장을 맡아 생존자와 관련된 행사들을 관리하는 일을 했다.

우리는 직접적으로 환자들을 돕는 활동도 했는데, 가령 소아과 병원을 방문해서 난치병과 싸우는 아이들을 위해 책을 읽어주거나, 그들의 이야기를 들어주는 일을 했다. 또 우리는 대학생들을 위한 릴레이 포 라이프를 운영하는 역할도 했다. 미국의 각 대학에서는 나름대로의 릴레이 포 라이프 행사가 열리고 있고 그 규모도 굉장히 크다. USC에서는 매년 32,000명 정도가 팀을 꾸려 참여하고 있다.

대학에 다니는 동안에도 난 틈나는 대로 이런 대외활동에 참여했다. 나로서는 힘든 시기를 보냈을 때 받았던 친절을 되갚을 수 있는 좋은 기

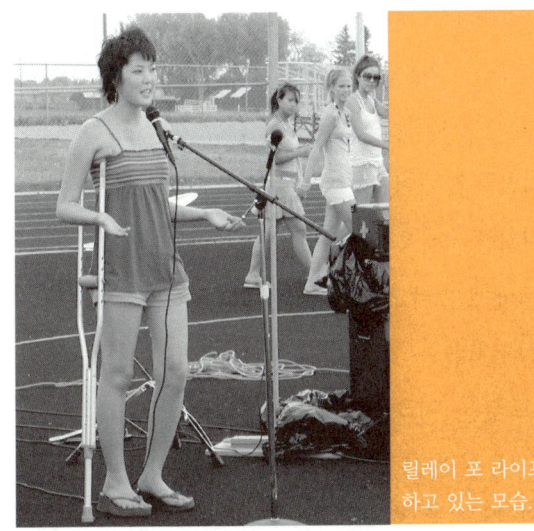

릴레이 포 라이프 행사에 참여해 연설을 하고 있는 모습.

회였다. 또 내가 받았던 화학치료나 수술에서 쓰인 여러 가지 신약들이 아니었다면 난 살아남기 어려웠을 테고, 그러한 의학기술의 발달은 거대한 재원이 없이는 불가능하다는 것을 나는 알고 있었다. 이런 행사에 참여함으로써 암 연구를 위한 기금을 마련하는 데 도움을 줄 수 있다면 그 역시 생존자로서 내가 할 몫이라고 생각한다.

이 일을 시작하면서 난 주변의 많은 사람들이 나보다 훨씬 못한 환경에서 싸움을 해나가고 있다는 사실을 발견했고, 그때마다 많은 눈물을 흘렸다. 앞에서도 이야기했지만 암이란 주변에 아무리 많은 사람들이 있다 해도 결국엔 그 고통을 혼자 감내해나가야 하는 고독하고 어려운 길이다. 하지만 그 길 위에 함께 싸워주는 사람이 있다는 것은 그 고독한 이야기를 또 다른 밝은 이야기로 안내해준다. 내가 크레스튼을 기억하고, 또 내가 스스로 감당하기 힘든 시간들을 같이 기도하고 밤을 지새우며 보내준 많은 사람들을 기억하며 버텨낸 것처럼 정말 많은 사람들은 그러한 도움과 진지한 사랑을 필요로 한다.

그리고 나 또한 그들에게 그런 소중한 사람이 되고 싶고, 소중한 기억으로 남기를 간절히 바란다.

"언제나 말했듯 그것은 어려운 일이 아니다. 바로 내 곁에, 아주 가까운 곳에도 내 웃음을 통해 희망을 발견하고, 내가 내민 수줍은 손을 잡고 걸을 수 있다는 용기를 얻게 되는 사람들이 있다. 사람이 사람을 향해 다가가는 것에는 어떤 값도 필요치 않는다. 다만 모두가 저마다 가진 고독의 문을 과감하게 깨고 나와 또 다른 고독의 문을 열고 들어갈 용기, 그것만이 필요할 뿐이다."

좀 더 많은 사람들을 축복하고,
좀 더 많은 사람들에게
사 랑 을 속 삭 이 겠 습 니 다

대학교 3학년 1학기 때의 일이다. 약혼을 앞둔 친구를 돕느라 분주한 하루를 보내고 있었는데 몸 상태가 별로 좋지 않았다. 약간의 두통이 있었고 콧물이 나는 걸로 봐서 감기에 걸린 것 같았다. 약을 먹고 일찍 잠을 청했다.

다음 날 아침이 되자 두통이 참을 수 없을 만큼 심해졌다. 태어나 그렇게 머리가 아파본 적은 처음이었다. 이상한 일이었다. 두통과 함께 메스꺼움도 느끼기 시작했다. 먹은 걸 죄다 게워냈는데도 두통이 가시지 않았다. 엄마에게 전화를 걸어서 증상을 이야기했더니 보건소에서 주사를 맞고 수분을 보충하라고 했다. 하지만 난 엄마 말을 듣지 않았다. 바이러스성 장염이나 복성편두통이 의심되었지만 여전히 병원에 갈 생각을 하지 않았다.

나흘째 되었을 때는 너무 아파서 아무 것도 할 수가 없었다. 시도 때도 없이 토하느라 쓰레기통을 부둥켜안고 있었다. 엄마가 LA 경찰서에 전화를 해서 앰뷸런스를 보냈는데 지쳐 쓰러져서 자느라 문도 열어주지 못했다.

결국 엄마가 비행기를 타고 캘리포니아로 날아왔다. 좀 더 일찍 오려고 했지만 콜로라도에 눈이 많이 내려서 비행일정이 죄다 취소되는 바람에 발을 동동 구르다가 겨우 도착한 것이었다. 엄마가 오자마자 함께 병원에 갔다. 그때까지도 계속 머리가 아팠고 구토 증세가 있었지만 별 것 아닐 거라고 믿었다. 정말 그렇게 믿었다.

세다스 시나이 의료센터에서 최근의 증상과 그동안 앓았던 암 이야기를 하자 일단 척수 검사부터 하자고 했다. 난 그 제안에 단번에 "필요 없다"고 말했다. 솔직히 말이 안 되는 상황이라고 생각했다. 정말로 별 것 아니리라 믿었기 때문에.

"수분만 조금 보충하면 된다고요!"

난 당황스럽고 화가 났지만 담당의사는 CT 촬영이라도 하자고 했고, 결국 촬영을 하기로 했다. 이미 새벽 두 시가 넘은 시간이었다. 촬영을 마치고 대기실에서 결과를 기다리는데 의사가 들어왔다. 그는 침착하고 작은 목소리로 입을 열었다.

"제니의 머리에 커다란 암 조직이 있는 것 같습니다."

의사의 입에서 암이라는 단어가 튀어나오자 엄마는 그대로 바닥에 주저앉아 버렸다. 난 고개를 숙인 채 "이럴 순 없어. 이럴 순 없어요."라고 중얼거릴 뿐이었다.

머리가 너무 아파서 제대로 된 생각을 할 수 없는 상태에서 그 상황을 받아들여야 했다. 두통 때문에 대부분 아무 생각도 하지 못하다가 두통이 잠시 주춤하면 그때야 비로소 눈앞에 닥친 현실에 놀라 경악했다. 아무 것도 모르는 상태에서 암에 걸렸던 고등학교 때와는 전혀 달랐다. 지독했던 치료 과정이 주마등처럼 뇌리를 스치고 지나갔다. 그러자 너무 무서웠다. 무서워서 벌벌 떨었다. 믿을 수 없는 일이었다. 믿고 싶지 않은 일이었다. 두 번째 암의 흔적이 채 사라지기도 전에 세 번째 암이 또 다시 나를 찾아온 거였다.

곧바로 응급 수술을 위한 팀이 꾸려졌다. 엄마는 내 수술을 위해 여기저기서 급하게 모인 의사들의 손을 붙잡고 말했다.

"선생님 이 아이가 어떤 앤지 아세요? 이 아이는 너무너무 착한 애고, 벌써 두 번이나 암에 걸렸던 애고, 정말 고생을 많이 한 애에요. 그러니까 제발 선생님, 이 아이 좀 살려주세요. 선생님 애 꼭 좀 살려주세요. 네? 애 꼭 살려주셔야 해요."

나는 몽롱한 정신으로 멀리서 들려오는 엄마의 간절한 목소리를 들었다. 가슴이 찢어질 것처럼 아팠다. 수술은 닥터 존 유라는 암 수술 전문의가 맡게 되었다. 닥터 유는 희망적인 말로 엄마를 안심시켰다.

"걱정 마세요. 암이 앞부분에 있으니까요. 신경이 많이 있는 중간이나 뒤쪽에 가지 않아서 그나마 다행입니다. 만약에 반드시 뇌암에 걸려야 한다면 거기가 최고로 좋은 위치니까, 너무 걱정 마세요."

수술은 아침 8시가 되어서야 시작되었다. 내가 수술을 받는 동안 엄마는 밖에서 기도를 드리고 있었다. 수술이 시작되고 한 시간쯤 지났을 때 엄마는 갑자기 전에는 느껴본 적이 없는 엄청난 불안을 느꼈다고 했다. 이미 아홉 차례나 딸의 수술을 지켜봐서 단련이 될 만도 했지만 그날의 불안은 여느 때와는 달랐다고 했다.
엄마는 불안을 떨치기 위해 필사적인 마음으로 기도했다. 그럼에도 도무지 마음이 진정되지 않아 어찌할 바를 몰라 하다가, 가지고 있던 노트북으로 생각나는 사람 모두에게 메일을 쓰기 시작했다.

"우리 딸 제니가 지금 뇌암 때문에 응급 수술을 받고 있으니 수술이 안전하게 끝날 수 있도록 기도 좀 해주세요."

그런 내용의 메일이 믿음을 가진 많은 지인들에게 전달되었다.

닥터 유의 말에 의하면 처음 내 두개골을 열었을 때 이미 암덩어리가 너무 커져서 소프트볼만한 상태였고 굉장히 공격적이었다고 했다. 또 수술 도중 출혈이 너무 심해서 나를 구하지 못할 거라고 생각한 적이 많았다고 했다. 피 때문에 수술 부위가 보이지 않아서 수술 내내 무척이나 애를 먹었다고도 했다. 세 시간이면 충분할 거라는 예상과 달리 수술은 다섯 시간이 넘게 걸렸다.

수술이 끝나고 회복실에서 정신을 차렸을 때 마치 꿈속을 헤매다가 나온 기분이었다. 여전히 모든 게 현실로 다가오지 않았다. 지쳐서 소파에 누워 있는 엄마를 보는데 눈물이 났다. '일단은 또 살게 된 거구나.' 안도감인지 체념인지 모를 복잡한 심정이 들었다.

내 머릿속을 가득 짓누르던 암의 정체는 신경교종의 일종인 교모세포종(Glioblastoma)이라는 것이었다. 신경교종은 뇌조직의 신경교세포에 기원하는 종양을 일컫는 말인데, 조직학적 기준에 따라 그 악성 정도를 4단계로 구분할 수 있었다. 교모세포종은 신경교종 중에서도 가장 악성인 4등급이었다. 암세포가 촉수처럼 주위 조직으로 뻗어있어 완전한 제거가 어렵고 다른 종양에 비해 예후가 상당히 나쁘다고 했다.

"생존 확률이 얼마나 되나요?"

나의 단도직입적인 물음에 닥터 유는 "사람의 목숨은 숫자나 수치로는 설명할 수 없어요. 생존률이 95퍼센트인 암 환자도 죽을 수 있습니다. 그런 건 생각하지 마세요."라고 말했다. 하지만 엄마와 난 그 말 뒤에 숨어있는 말을 충분히 알아들을 수 있었다. 엄마가 인터넷에서 혼자 알아본 정보에 의하면 교모세포종에 걸린 사람이 3년 이상 살 확률은 15퍼센트라고 했다.

엄마가 의사들과 이야기를 나누는 동안 난 혼자 병실에 누워 있었다. 큰 병에 걸린 사람이 혼자 오래 있게 되면 온갖 생각들을 하게 된다. 그건 좋은 현상이 아니다. 그런 경우에 드는 생각들은 부정적일 확률이 높기 때문이다. 나 역시 그랬다. 혼자서 이런 저런 생각들을 하다 보면 과연 내가 앞으로 얼마나 살 수 있을까 하는 의구심이 들고 만다. 세 번의 암이라니. 내 인생은 왜 이렇게 된 걸까? 뭐가 문제일까? 그런 생각이 어김없이 들고 만다.

엄마가 돌아왔을 때 난 괜히 엄마에게 화를 냈다. 그렇게 오랫동안 날 혼자 놔두고 어디를 갔다 온 거냐며 아무 잘못 없는 엄마에게 화풀

이를 했다. 당연히 엄마는 담당 선생님과 이야기를 나누고 온 것이었는데 괜히 심통을 부렸다. 잠시 후 담당 선생님이 들어와서 현재 상태와 앞으로의 치료 계획을 설명해주었다. 골육종에 걸렸을 때와 달리 희망적인 이야기를 듣는 게 어려웠다. 선생님이 나간 후에 난 엄마에게 말했다.

"엄마, 엄마 나한테 약속해줄 게 하나 있어."
"무슨 약속?"
"엄마, 내가 죽더라도 엄마는 꼭 살아야 해."

내 말에 엄마는 한 동안 아무 대답도 하지 않았다.

"엄마는 사는 거야. 알았지? 엄마, 나 죽어도 엄마는 사는 거야. 엄마, 약속해. Promise me, promise me, mom."

그러자 엄마가 울면서 말했다.

"제니야, 넌 안 죽을 거야. 너 안 죽어. 그런 약속 못해. 약속할 필요 없어. 넌 안 죽을 건데, 내가 왜 그런 약속을 하니……. 너는 엄마보다 훨씬 젊으니까, 죽어도 엄마가 먼저 죽는 거지, 네가 먼저 죽는 거 아니야. 그건 말이 안 돼."

엄마는 차마 그러마고 대답하지 못했다. 하지만 난 엄마의 대답을 들어야 했다. 혹시 나에게 무슨 일이 생겼을 때 누구보다 그것을 견디기 힘들어 할 사람이 엄마라는 걸 나는 잘 알고 있었다. 그래서 난 엄마의 대답이 꼭 필요했다.

"엄마, 지금 이게 나한테 얼마나 중요한 건지 알아? 엄마 빨리 약속해. 약속해, 엄마."

난 소리치며 엄마를 다그쳤다. 엄마는 한참 동안 울면서 아무 말도 하지 못하다가 힘겹게 내게 말했다.

"약속할게. 제니야, 약속할게."
"응, 엄마, 엄마는 꼭 살아야 해."

죽는다는 것, 내가 세상에서 사라지고 없다는 것. 하지만 그것은 끝이 아닌데, 마치 모든 것이 끝난 것처럼 엄마에게 무너지는 아픔을 가져다주면 안 될 거라는 생각이 들었다. 지금 내게 일어난 일, 그래서 다시 다가올 참지 못할 고통을 견디는 일 때문에 두려워하기에 앞서 난 엄마의 마음이 얼마나 절망적일지 먼저 걱정이 되었다. 그래서 엄마의 약속을 받아내야만 했다.

그날 다그치듯 엄마의 답을 얻어내고 나는 마음속으로 수없이 되뇌었다.

'사랑해, 엄마. 미안해, 엄마. 고마워, 엄마……'

내게 남은 날이 얼마라 해도 나는 그날 동안 있는 힘을 다해 사랑을 말하겠다고 다짐했다. 수없이 이런 고비 앞에 선 사람이라 하더라도 태연할 수는 없겠지만, 난 마음을 다잡기 위해 노력했다. 이건 끝이 아니니까, 또 다른 시작일 뿐이니까.

수없이
이런 고비 앞에 선 사람이라 하더라도
태연할 수는 없겠지만,
난 마음을 다잡기 위해 노력했다.
이건 끝이 아니까,
또 다른 시작일 뿐이니까.

세상에 용서하지 못할 일은 없음을,
그래서 내겐 감사하는 마음밖에 없음을
날 마 다   고 백 하 겠 습 니 다

　

　

있는 힘을 다해 참아보려고 했지만, 시간이 흐를수록 마음속의 아픔
은 조금씩 조금씩 더 깊어져갔다.

'어째서 나에게 이런 일이 또 일어난 걸까?'

수술에 대한 두려움은 이런 의구심으로 바뀌었다. 신경교종의 근본
적인 원인이 규명되지 않은 것을 감안한다 해도 여자 아이 한 명에게 원
인 불명의 암이 세 번이나 나타난다는 건 도무지 이해가 되지 않았다.
나를 치료했던 의사들 역시 그런 점에 의문을 품었고, 원인을 밝혀내기
위해 여러 가지 검사를 추가했다. 그리고 그리 오래지 않아 원인이 밝
혀졌다.

화장실에 가기 위해 병원 침대에 걸터앉아 있었다. 조금만 움직여도 머리가 깨질 것처럼 아팠고, 오한이 나서 몸을 제대로 가누기가 어려웠다. 화장실까지는 단지 몇 발자국에 불과했지만 그 거리가 마치 축구장처럼 길게 느껴졌다. 어쩌다가 이 지경까지 왔지? 도대체 뭘 잘못한 거지?

두 가지의 전혀 다른 암을 겪었음에도 또 다시 무서운 뇌암에 걸리고 말았다니. 나는 거의 한계에 다다른 느낌이 들었다. 내 모든 삶은 줄곧 암, 암, 암의 연속이었다. 많은 생각들이 뒤엉켜서 머리가 어지러웠다. 앞으로 어떻게 해나가야 하는지 갈피를 잡을 수 없었다. 무엇보다 내 꿈에 대해서 심각한 고민을 해야 했다. 내가 정말 소아암 전문의가 되고 싶은 걸까? 일생을 암이라는 무서운 질병에 둘러싸여 살았는데, 앞으로도 그것과 함께 하는 삶을 살 수 있을까?

합병증이 많이 생겨서 의사들이 수시로 들어와 혈액 검사 같은 걸 하곤 했다. 누구든 병실에 들어오는 게 무서웠다. 누군가 병실에 들어온다는 건 약물을 투여하거나 검사를 하기 위함이었고, 그건 곧 아픔을 참아야 한다는 걸 의미했으니까. 병실 문이 열리는 소리만 들어도 깜짝깜짝 놀랐다.

정말 다양한 검사를 했는데 등에 구멍을 뚫어서 체액을 빼내고 척수 검사를 하던 게 생각난다. 그럴 때는 고통이 너무 심해서 의식을 잃기도 했다. 나중에 부모님이 내가 무슨 말을 했었는지 전해주었지만 너무 아파서 아무 것도 기억나지 않았다.

더 이상 그렇게 살 수는 없었다. 너무 아파서 모든 걸 그만두고 싶을 때가 많았다. 차라리 죽고 싶었다. 몸의 병보다 무서운 마음의 병이 나를 덮치고 있었다.

뇌암에 걸렸다는 이야기를 처음 들었을 때 나 자신의 운명이 가혹하다는 생각도 들었지만 누구보다 부모님이 너무 불쌍하다고 생각했다. 단지 자기 딸에게 병이 생겼다는 이유만으로 당사자보다 더한 고통을 몇 번이고 감내해야 한다는 게 애처로웠다. 부모님께 미안했다. 미안하다는 말을 많이 했다. 스스로를 위해 또 부모님을 위해 강해지려고 많은 노력을 했다. 하지만 결국 고통 앞에 무너져 내리는 나 자신을 봐야 했다.

방사선치료와 화학치료를 7주 동안 받고 나자 유전자 전문의인 닥터 골드만으로부터 전화가 왔다. 그녀와 만날 약속을 정했다. 전화를 끊으면서 난 이미 가슴이 덜컥 내려앉았다. 불길한 예감은 적중했다. 다음 날 닥터 골드만은 나에게 단도직입적으로 말했다.

"당신에겐 LFS가 있습니다. 그것은 당신이 태어날 때부터 당신 몸속에 있는 유전적 특징입니다."

그녀의 설명에 따르면, 사람에게는 이른바 '암억제유전자'라고 불리는 P53 유전자가 존재한다고 했다. 이 유전자가 있기 때문에 사람이 암에 걸릴 확률이 낮아지는 것이라고. 그런데 내 경우 P53 유전자에 결함이 생겨 몸 어디에서든 암이 자라나게 된다는 것이었다. 의사들은 그것을 리-프라우메니 증후군(Li-Fraumeni Syndrome)이라고 불렀다. 그때까지 내가 걸렸던 암들은 LFS가 있는 사람들이 가장 흔하게 걸리는 종류의 암이라고 했다. 나는 전형적인 LFS 환자였다.

리-프라우메니 증후군. 난생 처음 들은 이름이었지만 그것은 참으로 무서운 이름이었다. 그것은 암이 한때 나를 스쳐지나가는 질병이 아니라 내 삶의 한 부분이 될 것이라는 예고나 다름이 없었다. 아니 그것은 벌써 내 삶의 일부가, 어쩌면 전부가 된 것이나 다름이 없었다.

'내가 죽을 수도 있겠구나, 이젠.'

이런 생각을 하니 그 예고도 처음만큼 충격적이지는 않았다. 하지만 고통은 역시나 감당하기 힘든 것이었다.

어느 날 아침이었다. 그 아침은 일상에서 쉽게 맞이하는 그런 아침이 아니었다. 밤새 고통과 싸우다 탈진한 상태에서 해가 뜨는 걸 느꼈다. 블라인드 사이로 들어온 아침 햇살이 나를 깨웠다. 병실 창밖으로 새 하루가 시작되고 있었다. 아침의 힘찬 기운은 창밖에만 있는 것이었다. 나에게는 어제와 마찬가지로 고통스러울 것이 분명한 새 하루에 불과했다.

엄마는 피곤한 얼굴로 나를 지켜보고 있었다. 그 모습을 보니 슬펐다. 그러다 화가 났다. 화가 나서 엄마에게 해서는 안 될 말을 했다.

"수술을 받다가 죽었으면 지금 이렇게 아프지 않겠지?"

"……."

"의사 선생님이 나 수술할 때 죽을 고비를 여러 번 넘겼다고 했잖아. 차라리 그때 죽었으면 좋았을 것 같아. 죽고 싶어. 죽어버렸으면 좋겠어."

엄마는 아무런 대꾸도 하지 않은 채 조용히 눈물을 훔쳤다. 왜 그렇게 한심한 소리를 했을까. 너무 오랫동안 고통을 참아야 했기 때문에 어린 내 마음에 쌓인 원망과 분노가 쌓여 터져 나온 것이겠지. 내 또래의 여자 아이가 감당해내기엔 너무 벅찬 고통이었을 테니까.

나는 내가 한 말을 금세 후회했지만 엄마에게 미안하다는 말을 차마 건넬 수가 없었다. 엄마는 계속 소리 없이 눈물만 흘리고 계셨다. 약한 모습을 보이면 보일수록 나만큼이나 힘들어지는 게 엄마라는 걸 알면서도 그 모든 걸 참는 건 쉬운 일이 아니었다. 살아 있다는 것에 대한 애착심. 그것을 놓아버리는 것이 얼마나 무서운 일인지 잘 알고 있다. 하지만 그냥 우리가 아는 단어로 '아프다'고 그냥 표현하고 말기에는 내

가 견뎌야 하는 고통들이 너무 벅차다. 그래서 그렇게 내 의지와는 상관없이 그 말이 튀어나가 버리고 말았다.

'엄마, 미안해…….'

속으로 이 말을 계속 되뇌었다. 엄마는 내게 얼마나 미안할까. 나를 건강한 아이로 태어나게 했다면, 누구보다 밝고 예쁘게 뛰어놀며 훨씬 더 멋진 삶을 살 수 있었을 텐데…… 그런 생각으로 눈물을 흘리는 거겠지. 나한테 너무 미안해서, 나를 이런 모습으로 낳은 자신을 스스로 용서할 수 없어서.

힘든 상황이 닥치면 난 스스로에게 주문을 건다. '별 것 아닐 거야.'

그것을 거부하기보다는 내 운명으로, 현실로 받아들이고 그것을 극복하기 위해 노력한다. 그게 나다. 그러고 나면 한결 무게가 가벼워진다. 그리고 다시 일어설 용기도 생긴다. 그때쯤 주변을 둘러보면 나를 응원하는 사람들의 모습도 제대로 보인다. 미안한 마음, 고마운 마음……그런 것들이 다시 생겨나면서 살아갈 이유를 찾게 된다.

그런 내가 죽고 싶다는 말을 내뱉었으니 엄마는 얼마나 놀라고 미안했을까. 미안하다는 건 고맙거나 사랑하는 일보다 훨씬 힘든 일인데. 나는 그때 '용서'라는 말이 떠올랐다. 난 좀 더 이기적으로 내게 닥친 아픔들을 사람들에게 내 보이고, 약한 모습으로 모든 걸 놓아버릴 수도 있지만 그건 내가 아니니까. 남들과 다른 내 삶이 주어진 것을 용서해야 한다. 그리고 엄마에게 이 말을 해주고 싶었다.

'이 모든 건 엄마의 잘못이 아니야.'

이것은 누구의 잘못도 아니다. 이것은 그저 내게 주어진 내 삶일 뿐이다. 지금 멈추어 서서 내게 이 고통을 안겨준 모든 것들을 원망하는 것도 내 선택이고, 그 모든 것들을 용서하고 받아들이는 것도 내 선택이다. 나는 언제나 후자를 선택했고, 또 다시 그럴 것이라고 다짐한다.

언젠가 '사랑'이 무엇일까에 대해 진지하게 생각해본 적이 있다. 누구는 상대방의 단점마저도 다 사랑하는 것, 그 사람이 가진 아픔까지도 다 안아주는 것이라고 대답했다.

"나는 사랑이 '용서'를 포함하는 것이라고 생각한다. 용서는 너그러운 마음이다. 그리고 용서는 다시 일어서게 하는 힘을 가지고 있다. 그동안 잘못되었던 모든 것을 다 지우고 새로 시작해도 괜찮다는 마음을 허락하는 것이다."

나는 용서하기로 했다. 혹여 살면서 내가 또 다시 '죽고 싶다'는 말을 내 입으로 내뱉을 만큼 고통스러운 순간이 와서 원망스러운 얼굴들을 떠올리게 된다면 그들을 용서하고, 그런 생각을 하게 된 나 자신도 용서하겠다고. 그리고 다시 사랑하며 일어서는 거다.

제니에 대하여

—캐롤 아주머니의 편지—

안녕, 제니!

캐롤 아줌마야. 늦었지만 생일 축하한다. 네가 벌써 스물한 살이라니! 정말 놀라워. 이제 네가 암을 이길 수밖에 없는 스물한 가지 이유를 써야 할 시기가 된 것 같다.

1998년에 초등학교 놀이터에서 널 처음 만난 이후로 나는 여러 사람을 만나왔어. 하지만 제니 너처럼 내게 깊은 인상을 남겨준 사람은 별로 없었단다. 너와 내가 처음 만났을 때 우리가 나누었던 대화를 잘 생각해봐. 사실 대화라기보다는 너의 일방적인 메시지였지만. 그때의 너를 기억함으로써 네가 암을 극복하기에 충분한 사람이라는 걸 잊지 않기를 바란다. 이제 이곳에 네가 암을 이겨내야만 하는 스물한 가지 이유를 적으려고 해. 꼭 기억하면서 우리 오래도록 보자꾸나.

1. 자신감 : 너는 아홉 살의 어린아이였지만, 낯선 어른에게 먼저 말을 걸고, 자기 자신을 소개할 수 있을 정도로 당돌하고 배짱 있는 아이였지. 그 자신감은 네가 암을 극복하는 데 제1의 무기가 되어줄 거야.

2. 비전 : 보통 아이들은 쉬는 시간에 단지 다음 교시의 수업을 준비할 뿐이지. 그렇지만 너는 이미 초등학교 4학년 때 먼 미래의 계획까지 세워놓고 있었어. 그렇게 계속 미래를 바라봐라. 네가 살아갈 새털처럼 많은 나날들을, 저 먼 곳의 미래를 항상 바라봐. 그러면 넌 그 미래로 갈 수 있을 거야.

3. 목표 : 너의 계획은 굉장히 구체적이고, 상당히 어려운 것이었지. 물론 넌 처음의 마음을 바꿔서 스탠포드에 가지 않았지만, 너의 신중한 선택과 꿈에 의해 같은 주에 있는 훌륭한 대학에 다녔잖니! 그게 무엇이든 네가 지금 가진 목표를 포기하지 마라. 너의 꿈, 그것이 너의 미래를 이끌어줄 거야.

4. 승부욕 : 너는 어린 나이였음에도 새로운 경쟁자가 생긴 것을

겸허히 받아들였고, 그와 경쟁할 준비가 되어 있었지. 스물한 살이 된 너에게는 또 다시 새로운 경쟁자가 생겼어. 나는 네가 그 녀석의 엉덩이를 걷어차 버릴 거라고 굳게 믿는다. 아줌마를 실망시키지 말아줘.

5. 겸손함 : 너는 아주 똑똑한 아이였지만, 그런 평가를 독차지하지 않고, 다른 아이들과 나눌 줄 아는 아이였지. 넌 네가 제일 똑똑하다고 생각했음에도 우리 로렌에게 똑똑하다고 해주었잖니! 그런 겸손함은 네가 인생을 살아가는 데 많은 도움을 줄 거다. 네가 어떤 일을 겪더라도 말이야.

6. 지성 : 너는 어린 나이에도 이미 축복받은 지성을 가지고 있었고, 지금도 여전히 그렇지. 넌 너의 지성을 가꾸기 위해 항상 남보다 노력해왔어. 이 세상은 너와 같은 사람들을 더 많이 필요로 한단다. 우리는 네가 빨리 나아서 이 세상을 아름답게 바꾸기 위해 바쁘게 살아줄 것을 기다리고 있어.

7. 성격 : 그날 초등학교 놀이터에서 너의 직접적이고 거침없는 말투에도 불구하고 난 네가 건방진 아이라는 생각은 할 수 없었지. 오히려 넌 굉장히 사교적인 아이로 보였어. 너와 대화를 나눈 후에 난 너를 좋아하게 되었고, 우리는 친구가 되었잖니? 마찬가지로 너를 치료하는 사람

들 역시 너를 알게 되면서 너와 친해지고 또 너를 사랑하게 될 거야. 그들이 할 수 있는 모든 것을 다해서 너를 치료할 거라고 나는 확신한다.

8. 매력 : 그날 놀이터에 있는 다른 아이들은 대부분 반바지에 커다란 티셔츠를 입고 있었지. 그렇지만 너는 금방이라도 파티에 갈 것처럼 화려하고 아름다운 드레스를 입고 있었어(아마 그건 네 엄마의 작품일 거야). 너는 그렇게 어릴 때부터 너만의 매력을 가진 아이였어. 나는 네가 그 아름다움과 매력적인 스타일로 이 못생긴 질병을 제압할 거라고 믿는다.

9. 재미 : 넌 잠깐 동안 노는 걸 멈추고 나와 이야기를 했지만, 그때 너의 우선순위는 역시 노는 거였지. 넌 나를 어리둥절하게 만들어놓고 금세 다시 놀러가 버렸잖니? 난 네가 공부 못지않게 운동이나 다른 활동도 열심히 하는 아이라는 걸 잘 알고 있어. 넌 뭐든 즐길 줄 아는 아이잖아. 그런 태도는 네가 어려운 나날들을 극복하는 데 큰 도움을 줄 거야.

10. 정직 : 그날 넌 나에게 아주 직접적이고 솔직하게 이야기했지. 제니 넌 그런 아이였어. 이제 이 새로운 도전에 직면해 있는 네가 너의 병을 솔직하게 받아들이고 싸워나간다면 그것을 이기는 것쯤은 문제가 되지 않을 거라고 믿어.

이 열 가지 이유는 그날 놀이터에서 만났던 어린 제니를 생각하면서 쓴 거야. 그런데 지난 몇 년 동안 나는 더 많은 이유를 알게 되었단다.

11. 참을성 : 로렌과 넌 구몬 학습을 했지? 넌 지금까지 구몬 문제를 몇 개나 풀었니? 아마 수천 개, 아니 수만 개쯤 되지 않을까? 그렇게 넌 절대로 포기하지 않고 끝까지 집중해서 이루고야 마는 아이였지. 넌 참을성이 있는 아이였어. 그것은 암을 이겨내는 데 결정적인 요소가 될 거야.

12. 도전정신 : 너는 겨우 중학교 1학년 때 고등학교 수학 과정을 공부하게 되었지만 전혀 겁내지 않았지. 그걸 도전정신이라는 말로 표현하고 싶어. 아줌마는 네 삶의 여정의 다음 단계에서도 네가 그러한 도전정신을 잃지 않을 거라고 믿는다.

13. 팀워크 : 넌 배구부 활동을 굉장히 열심히 했지. 넌 팀 속에서 너의 역할을 충분히 감당해냈고, 팀이 승리할 수 있도록 이끌었어. 네가 의사 선생님을 비롯한 여러 사람들과 함께 좋은 팀워크로 그 새로운 도전을 이겨낼 거라는 걸 나는 알고 있어.

14. 용기 : 지난 여러 번의 수술에서 네가 보여준 굉장한 용기에

대해서 들었어. 앞으로 너에게 어떠한 어려움이 닥치더라도 계속해서 그런 용기를 보여주길 바란다. 그게 어떤 것이더라도 절대 용기를 잃어서는 안 된단다.

15. 적응력 : 암은 네가 좋아하는 운동을 할 수 없게 만들어버렸지만, 너는 좌절하지 않고 그 변화를 품위 있게 받아들였어. 넌 상황이 어떻게 변하더라도 그 상황을 네 자신에게 이롭게 만들 줄 아는 아이야. 앞으로도 넌 너에게 주어진 상황이 무엇이든 그것에 적응할 거야. 그리고 네 삶을 더 좋은 방향으로 만들리라는 걸 믿어.

16. 신앙 : 많은 젊은이들이 자신의 신앙을 뒤로 내팽개쳐둘 때에도 너는 너의 믿음을 지켜냈지. 그것은 고결하고 소중한 거야. 지금처럼 언제나 하나님의 보살핌 속에 네 자신을 맡기도록 해라.

17. 가족 : 너에게는 든든한 지원군이 있지. 네 엄마, 아빠와 네 오빠는 너를 위해서라면 무슨 일이든 할 사람들이야. 지금까지처럼 앞으로도 그들의 사랑이 너에게 큰 힘이 되어줄 거야. 그런 사람들과 함께라면 네가 이겨내지 못하는 건 이 세상에 없어.

18. 우정 : 넌 어디를 가든 친구를 만들 수 있는 아이였지. 병원의

의사들과 간호사들이 모두 너의 친구가 되었다는 이야기를 들었단다. 뿐만 아니라 네가 알지 못하는 많은 사람들이 너를 위해서 기도하고 있다. 그러니 넌 반드시 암을 이겨내야만 해.

19. 유머감각 : 뇌암에 걸린 후에 맞게 된 생일 파티에서 네가 요청했던 것에 대해 들었어. 뇌모양의 생일 케이크라고? 게다가 빨갛게 색칠한 마시멜로로 종양을 만들어 달라고 했다고? 세상에! 심지어 너와 네 친구들은 그걸 맛있게 먹어버렸어! 넌 정말 상상을 초월하는 아이야. 그렇게 힘든 상황에서도 웃음을 잃지 않다니. 아니, 오히려 다른 사람을 웃게 해주다니. 그런데 어떻게 암이 너를 이길 수 있겠니?

20. 배려 : 넌 아무리 아프더라도 항상 네 병이 다른 사람들한테 끼치는 영향을 더 걱정하지. 그리고 그렇게 아픈 몸을 이끌고도 다른 아픈 사람들을 위해 네가 할 수 있는 일들을 계획하고 실행에 옮기지. 이 세상을 향해 네가 보낸 사랑은 몇 배로 커져서 다시 너에게 돌아올 거야. 그러니 아무 걱정하지 마.

마지막으로 제니 네가 완치될 수밖에 없는 특별한 이유를 한 가지 더 말해줄게. 그건 바로!

스물한 번째 생일, 잔뜩 받은 속옷들과 함께.

21. 속옷 : 너는 이미 평생 입을 수 있을 정도로 많은 속옷들을 선물로 받았잖아! 넌 뼈암 수술을 받고 한동안 기저귀를 차고 있어야 했지. 친구들이 놀러왔을 때 넌 웃으면서 이렇게 말했어. "기저귀를 차고 있으니 속옷이 그리워." 네 친구들은 박장대소했지. 그리고 밖에 나가서 속옷을 잔뜩 사왔어. 너흰 그것들을 줄에 걸어놓고 사진도 찍었지? 멋진 녀석들! 그 속옷들을 다 입으려면 네 평생으로도 모자랄 거야. 그러니 넌 반드시 암을 이겨내야만 해. 알았지?

이것으로 내 늦은 생일축하 메시지를 줄일게. 너무 길어서 미안해. 제니 너에 대해서라면 난 할 말이 많은 사람이기 때문이야. 잘 지내. 엄마에게도 안부 좀 전해줘. 그리고 "세상 모든 사람들이 네 옆에서 너를 지켜보고 있다는 걸 기억해. 오늘도 그리고 앞으로도."

사랑하는 캐롤이

"꿈이 있다는 것은,
내게 일어나는 모든 일들을 감사하게 만들며,
어떤 어려움도 헤쳐 나가게 만들며,
아무리 작은 기쁨도 쉬이 얻어지는 것이 아님을
깨닫게 해준다."

Chapter 4

이루어지지 못할
꿈이라 해도,
숨 쉴 수 있는 동안
최선을 다할 것

나를 죽이지 않는 모든 것은
나를 더욱 강하게 만들 뿐이다.

－프리드리히 니체

MONARCH HIGH SCHOOL
2004-05 COYOTES

저는 그녀를 기적이라고 생각합니다. 바로 하나님에 대한 증거 말입니다. 그녀는 위대한 영혼을 가진 아름다운 여성입니다. 그녀가 이루어낸 기적은 우리 같은 의사들이 할 수 있는 일이 아닙니다. 그녀는 통계에 의존하는 사람이 아니에요. 그녀는 철저하게, 더 강한 내적 힘에 의존합니다…….

싸워서 이길 것입니다,
살아서
해 야 할 일 이 있 는 한

뇌수술을 받고 한동안은 휴식을 위해 콜로라도에 돌아와 있었다. 그즈음부터 다시 머리카락이 빠지기 시작했지만 이상하게 고등학교 때처럼 슬프지는 않았다. 병을 이겨내면 다시 머리카락이 자란다는 것을 알았기 때문에 오히려 병을 이겨내야겠다는 마음이 들었다. 기왕에 대머리가 될 바에는 기분 좋게 장난이나 쳐보자는 생각도 들었다. 마침 USC에서 함께 Bacc/MD 프로그램에 다녔던 친구 네 명이 나를 만나러 콜로라도에 와서 그 친구들과 함께 어떻게 하면 이걸 재미나게 만들지 궁리했다. 그리고 아빠에게 머리를 밀어달라고 부탁했다. 그냥 미는 게 아니라 모히칸 스타일로 해달라는 게 우리의 요구였다. 양쪽을 밀어버리고 가운데만 남겨서 젤을 잔뜩 발라서 뾰족하게 세웠다. 아빠는 오래전부터 머리카락에 민감하신 분이라서 그런지 생각보다 머리 미는 솜씨가 훌륭했다. 친구들이 내 헤어스타일을 보고 엄지손가락을 치켜세웠다. 우스꽝스러운 표정으로 사진을 찍으며 한참을 놀았다.

아빠는 우리가 장난치며 노는 동안에도 표정이 거의 굳어 있었다. 하지만 적어도 아주 잠깐 동안은 그분이 우리 때문에 웃지 않았을까 하는 기대도 들었다. 매번 상상을 초월하는 나쁜 소식을 듣고, 거기에 놀라서 무너지고, 다시 일어나고 하는 동안에 가족들의 심신은 지칠 대로 지쳐 있었다. 특히 엄마 아빠가 그랬다. 그래서 우리들의 장난이 그분들께 작은 위로가 되었으면 했다. 또 나중에 사진으로 봤을 때 재밌을 것 같다는 생각도 들었다. 이래봬도 난 상당히 여성적인 편이어서 평소 같으면 모히칸 스타일은 꿈도 꿀 수 없었으니까.

상황을 우스꽝스럽게 만들어버리면 비록 잠깐이지만 힘든 상황이 아무렇지 않게 느껴진다. 상황이 나쁘다고 해서 심각한 표정으로 앉아만 있는 건 좋지 않다. 사람들을 만나고 즐거운 일을 찾아서 하다 보면 많은 것들이 좀 더 견디기 수월해진다. 그렇게 난 나만의 방식으로 세 번째 암과 싸워나갔다.

그런데 어느 날부터인가 자꾸만 골반이 커진다는 느낌이 들었다. 인공골반을 이식한 쪽이었다. 처음엔 살이 찐 거라고 여겼는데 나중에는 바지 단추를 채우는 게 어려울 정도로 골반이 부어올랐다.

나의 스타일리스트 아빠가 내 머리카락을
모히칸 스타일로 만들어주고 있다.

CT 결과로는 수술 부위에 염증이 생긴 것 같다고 했지만 혹시나 해서 바늘생검을 받았다. 보통 상태가 양호할 경우 검사 결과가 금방 돌아오는데, 화요일에 한 검사 결과가 금요일까지도 오지 않았다. 또 다시 불길한 예감이 들었다.

드디어 월요일 오전에 전화벨이 울렸다. 그때 나는 TV를 보고 있었고 엄마는 부엌에서 요리를 하고 있었다. 수화기를 든 엄마가 가슴을 움켜잡는 것을 보고 병원에서 온 전화라는 걸 알았다. 난 TV를 끄고 엄마를 바라봤다. 엄마는 "여보세요?"라고 말하고 얼마 지나지 않아 바닥에 주저앉았다. 주저앉아 우는 엄마의 모습을 멍하니 봤다. 뼈암이 재발한 것이었다.

'어떻게 이럴 수가 있지?'

그때는 리-프라우메니 증후군이 있다는 걸 이미 알고 난 후였지만 거짓말 같은 소식에 어안이 벙벙했다. 어이가 없어서 헛웃음이 나올 지경이었다. 재발한 골육종의 크기는 11cm에 달했다. 위킨슨 선생님은 더 일찍 알아보지 못한 점을 사과했다. 하지만 그분의 탓이 아니라는 걸 알고 있었다. 다른 의사들도 염증이라고만 생각한 건 마찬가지였으니까. 어쨌거나 난 두 가지 암에 동시에 걸린 셈이었다.

항암치료 담당이신 알바노 박사님을 만나서 치료 계획에 대한 이야기를 들었다. 그녀는 이런 상황에서 나를 다시 만나게 된 걸 굉장히 안타까워했다. 특별한 치료 절차가 필요하다고 했다. 곧바로 항암치료를 위한 기구를 몸에 넣었다. 첫날부터 다양한 진통제가 투입되었다. 구토가 나왔다. 하지만 이제 겨우 첫날이었다.

집으로 돌아와서 2주를 더 기다렸다. 그 사이 알바노 박사님은 전국에 있는 이 분야를 전문으로 하는 모든 의사들에게 자문을 구했다. 전례가 없는 사례였기 때문에 신중하고 구체적인 치료 계획을 필요로 했다. 나는 초조한 마음으로 그녀의 전화를 기다렸다. 드디어 그녀에게서 연락이 왔다.

"제니? 나는 듣기 좋은 소리를 할 줄 모른다는 걸 알지? 만약 가망

2012년 이탈리아 베네치아에서 아빠와. 그랜드 캐널의 수중 택시 안에서.

이 없다면 난 너에게 솔직하게 이야기할 거야. 하지만 이건 치료가 될 수 있다고 본다. 너는 분명히 나을 수 있어."

그녀에 의하면, 난 뼈암과 뇌암을 없애기 위한 항암치료를 동시에 받아야 한다고 했다. 하지만 고등학교 때 받았던 항암치료보다 기간도 짧고, 투약하는 약의 종류도 더 적다고 했다. 불행 중 다행이었다. 무엇보다 박사님의 목소리는 나에게 위안을 주었다. 난 그녀의 확신과 계획을 믿었다. 예전에도 지금도 내가 무엇을 하든 알바노 박사님은 내게 확신을 준다. 그녀보다 더 좋은 의사를 만난다는 건 아마 불가능할 것이다. 그녀는 암과 싸워서 이기라고 하나님께서 내게 보내주신 든든한 지원군이 분명했다.

그로부터 수개월의 시간이 지났다. 그리고 나는 여전히 살아 있다. 물론 LFS는 앞으로도 내 삶을 그 누구의 것보다 고통스럽게 만들 것이다. 그러나 내가 모든 암을 이겨내고 모든 고통과 후유증을 정복한다면, 나는 다른 이들에게 더 큰 희망을 줄 수 있다. '꼭 그런 날이 올 거야.' 그렇게 생각하며 나는 다시 마음을 다잡았다.

암과 함께한 내 삶은 어둡고 절망적인 것이었지만, 훌륭한 의사들과 간호사들이 나를 일으켜 세웠다. 그들은 그들만큼 혹은 그들보다 더 훌륭한 의사가 되는 방법을 나에게 가르쳐주었다. 그들이 내게 준 것처럼 나 역시 다른 사람에게 똑같이 줄 수 있다. 다시 살 수 있다는 희망을 줄 수 있다. 그런 생각을 하면 가슴이 뛴다. 주체할 수 없을 정도로 심장이 쿵쾅거린다.

뇌암에 걸렸을 때 세다스 시나이 병원에서 내가 품었던 절망은 이제 나에게 없다. 내가 경험한 것들을 이 세상을 위해 어떻게 쓸 수 있을 것인지. 지금 내 머릿속에는 온통 그 생각뿐이다. 나는 그 경험을 통해 많은 사람들을 도울 수 있다고 믿는다. 아픈 사람들에게는 그것을 이겨내고 살아남았을 때 더 나은 삶이 기다리고 있다는 희망을 줄 수 있고, 아프지 않은 사람들에게는 지금 가진 것을 감사히 여겨야 한다는 걸 보여줄 수 있다.

사람들은 경험자의 이야기에 좀 더 귀를 기울인다. 그리고 같은 고통을 이겨낸 사람의 육성을 통해 열 배의 용기를 얻는다. 만약 누군가 나를 통해 용기를 얻고 힘을 얻어 새로운 삶을 살 수 있다면 그보다 더 기쁜 일이 어디 있을까! 하나님께서 나를 위해 준비하신 계획은 그런 게 아닐까?

"그러므로 나는 싸워서 이겨야 한다. 하나님께서 내게 예정하신 삶은 암과 싸워 이기는 삶이지 그것에 굴복하는 삶이 아닐 거다. 여태껏 내가 살아 있다는 사실이 바로 그 증거다. 살아서 내가 할 수 있는 일들을 해야만 한다."

나는 통계에
의존하지 않을 것입니다,
강한 내적 힘에
의 존 할   뿐 입 니 다

2007년은 내겐 무척이나 신나는 해였다. 우여곡절이 많던 고등학교 생활을 끝내고 드디어 대학 입학을 앞두고 있었다. 그런 들뜬 기분을 느껴본 게 상당히 오랜만이었다. 그때는 수술 후유증에서도 어느 정도 회복하는 중이었고 머리카락도 다시 자라나서 예전의 밝은 모습을 되찾은 상태였다. 달라진 점은 다리를 조금 절룩거린다는 것과 어딜 가든 지팡이에 의지해야 한다는 사실이었지만 그 정도는 아무 문제도 되지 않았다.

고등학교를 전체 2등으로 졸업한 내게는 대학 입학과 관련해서 세 가지의 선택권이 주어졌다. 첫 번째는 부모님이 살고 있는 콜로라도에서 대학을 다니는 것. 만약 그럴 경우 주정부가 제공하는 장학 혜택을 받기로 예정되어 있었다. 콜로라도에 있는 대학이면 어디든 상관없이 전 학년 등록금은 물론, 교재비와 생활비까지 지원해주는 것으로 상당히 좋은 조건이었다. 또 가족이나 친구들과 떨어져 지내지 않아도 된다는 장점이 있었다.

두 번째는 스탠포드에 진학하는 것이었다. 스탠포드는 너무도 잘 알려진 명문대학이었고 내가 어렸을 때부터 항상 동경하던 꿈의 학교였기 때문에 입학허가를 받았을 때 무척이나 기뻤다. 하지만 장학 혜택이 거의 없어서 비싼 등록금(4년 간 등록금과 기숙사비, 생활비 등 20만 달러 이상이 소요됨)을 그대로 다 내야 하고, 가족과도 떨어져 지내야 한다는 점이 문제였다.

세 번째 선택지는 USC(남부캘리포니아 대학)였다. USC 역시 집하고 멀리 떨어져 있고 등록금도 스탠포드만큼 비쌌지만 Bacc/MD라는 프로그램 때문에 진학을 고려하게 되었다. 그것은 학부에 합격함과 동시에 의대 합격을 보장받는 거였는데, 일정 수준의 학점과 일정 수준의 MCAT(미국의대 진학시험) 점수를 받는 조건이었다. 당시에 나는 이미 의사가 되기로 결심을 굳혀서 Bacc/MD 프로그램이 상당히 매력적으로 느껴졌고, 프로그램에 지원하여 합격을 받아놓은 상태였다. 하지만 다른 선택지 역시 각각 장점이 있어서 쉽사리 결정을 내릴 수 없었다. 그러다가 USC로부터 추가적인 소식을 듣게 되었는데, 장학금은 물론이고 학비 전액을 지원해준다는 내용이었다.

누구나 그렇겠지만 대학을 선택하는 것은 앞으로의 인생을 결정짓는 중요한 문제였다. 부모님은 내가 어떤 선택을 하더라도 지지와 지원을 아끼지 않으실 분들이었다. 선택은 오로지 내 몫이었다. 인생은 한 번뿐이고 모든 선택의 순간도 언제나 단 한 번뿐이다. 한 번 선택하면 되돌리는 것은 불가능에 가깝고, 만약 되돌려야 한다면 그만큼의 대가를 반드시 치러야 한다. 그런 점에서 나는 이 글을 읽는 분께도 묻고 싶다. 만약 당신이라면 어떤 선택을 했을까?

나중에 들은 이야기인데 아빠는 내 대학 입학과 관련해서 이런 생각을 하셨다고 한다. 즉 누군가의 선택은 그 사람의 가치관을 반영한다는 거였다. 내게 주어진 세 가지의 선택권 중에서 어떤 걸 선택할지에 따라 나의 가치관을 가늠할 수 있다는 말이었다. 아빠는 내가 만약 콜로라도를 선택한다면 실용적이고 현실적인 가치를 추구한다고 볼 수 있고, 스탠포드를 선택한다면 명예를 중요시하는 삶을 살 것으로 이해할 수 있다고 했다. 반면 USC를 선택한다면 돈이나 명예보다는 자신의 열정에 따라 살아갈 것으로 기대할 수 있다고 했다.

결국 나는 USC를 선택했다. 전공은 생물학이었다. USC를 선택한 이유는 무엇보다도 의사가 되는 것이 나의 사명이라는 확신 때문이었다. 그 목표에 좀 더 빨리 가 닿을 수 있다면 그것을 선택하지 않을 이유는

대학에 들어간 이후 가장 즐거웠던 날. 친구들과 USC vs. 스탠퍼드의 풋볼 경기를 보기 위해 샌프란시스코로 갔다. 시내를 돌아다니며 내내 깔깔대고 웃었던 멋진 날.

없었다. 물론 USC에서 장학금을 받게 된 것도 결정에 한 몫을 했다. 그리하여 나는 정든 고향을 떠나 저 멀리 캘리포니아 LA로 가게 되었다.

평생을 콜로라도에서만 살았던 나는 대학생활에 잔뜩 기대를 갖고 있었다. LA는 그런 기대에 충분히 부합하는 곳이었다. 어딜 가나 볼 수 있는 야자수와 활기 넘치는 사람들의 모습은 마치 휴양지에 온 것 같은 느낌을 주곤 했다. 풍경도 날씨도 사람들의 움직임도 모든 게 콜로라도와는 전혀 달랐다.

특히 인종의 다양성 면에서 LA는 콜로라도와 많은 차이가 있었다. 난 어릴 때부터 어딜 가든 유일한 동양인이라는 것에 익숙했는데, LA에서는 동양인은 물론이고 인디언이나 히스패닉 등 다양한 인종이 공존하고 있었다. 게다가 USC 내부는 바깥보다 인종의 다양성이 더 높아서 그야말로 글로벌 캠퍼스라는 말이 무색하지 않은 곳이었다. 세계 각국에서 모인 여러 학생들과 어우러져 대학생활을 하는 것은 그 자체로 즐겁고 놀라운 일이었다.

멀리 대학을 가게 되면서 가족과 친구들을 자주 볼 수 없게 된 게 아쉬웠지만, 한편으로는 더 이상 나를 암과 관련지어서 대할 사람이 없다는 것에 내심 기대를 가졌다. 고등학교 때 암에 걸린 이후로 주변 사람들은 거의 모두 내가 암에 걸렸었다는 사실을 알고 있었고, 또 언제나 그런 점을 염두에 둔 채 나를 대하곤 했다. 배부른 소리일 지도 모르겠지만, 암에 걸린 어린 소녀에게 베푸는 사람들의 친절은 가끔 나 자신을 애완동물이 된 것처럼 느끼게 만들곤 했다.

내 몸에 있던 암이 사라진 후에도 암에 걸린 아이라는 꼬리표는 사라지지 않았다. LA로 대학을 간다면 그런 시선에서 완전히 벗어나 새롭게 시작할 수 있을 거라고 믿었다. 관리만 잘 하면 다시 암에 걸릴 일은 없을 거라는 강한 확신도 있었다. 상식적으로 생각했을 때 한 사람이 인생을 살면서 세 번이나 암에 걸린다는 건 좀처럼 상상하기 어려웠으니까. 콜로라도에서 캘리포니아로 삶의 터전을 옮기는 건 나에게 그런 의미가 있었다.

처음 대학교에 들어가던 날 아빠와 엄마뿐 아니라 앤디 오빠까지 날 따라왔다. 꼭 필요한 것만 챙겼는데도 짐이 정말 많았다. 엄마는 기숙사에 나를 혼자 남겨두고 떠날 때 많이 울었다고 했다. 한국식 표현을 빌리자면 '우물가에 내놓은 애' 같은 느낌이라고 했다. 집에서 멀리 떨어져 있어서 예전처럼 필요할 때 달려가줄 수 없기 때문에 더 그랬던 것 같다. 하지만 그때 난 그런 엄마의 마음은 안중에도 없이 혼자서 잔뜩 흥분해서는 콧노래를 흥얼거리고 있었다.

결국 내가 LA로 대학을 감으로써 제일 고생한 사람은 엄마였다. 엄마는 내가 대학에 다니는 동안 콜로라도와 캘리포니아를 몇 번이나 왕복해야 했다. 내가 몸이 안 좋아 힘들어하면 엄마는 학교 근처 호텔에 방을 잡고 나를 돌봐주고 맛있는 것도 사주곤 했다. 내 덕분에 엄만 그 호텔 단골손님이 되었다.

엄마의 삶을 더 바쁘게 만들었음에도 대학생활은 역시 즐거웠다. 암과 싸우던 기억은 이미 과거의 일이었다. 사람들을 만나는 걸 워낙 좋아해서 금세 친구들이 많이 생겼다. 기독교 여학생회에 가입했는데, 특히 그곳에서 멋진 친구들을 많이 사귀게 되었다. 친구들과 함께 수업을 들으면서 많은 이야기를 나누고 자주 모여서 영화랑 드라마를 보며 놀았다. 또 주말이면 요거트 아이스크림을 먹으러 다녔는데 그 맛이 참 좋았다.

대학 1학년 때 내가 겪은 가장 큰 어려움은 공부였다. 이건 조금 예상 밖의 난관이었다. 그 전까지만 해도 공부 때문에 어려움을 겪은 적은 없었다. 치료 후유증 탓에 여전히 몸이 약해서인지 수업을 따라가는 게 어려웠다. 내 인생 처음으로 B를 받았고, 심지어 C+도 받았다. 충격이었다. 하지만 단순하게 생각하기로 했다. 뭔가를 잘 하기 위해서는 그저 열심히 노력해야 한다는 진리를 믿었으니까.

항상 그랬던 것처럼 매일매일 부지런히 공부했다. 혼자 이해하기 힘들 때는 기꺼이 남에게 도움을 청했고, 정규 수업뿐만 아니라 모든 보충 수업(조교들이 하는 수업)까지 다 들으러 다녔다. 매주 교수님을 찾아가서 질문을 퍼부었다. 물론 뛰어난 친구들은 나처럼 하지 않아도 나보다 좋은 학점을 유지했다. 그 애들이 파티를 할 때 난 방에서 공부를 해야 했다. 그 애들이 해변에 나갈 때도 난 방에 있었다.

"난 똑똑하지 않다. 하지만 가장 열심히 하는 사람이다."

이건 사실 내가 어릴 때 엄마가 나에게 자주 했던 말이다. 난 그 말을 지금의 나에게도 적용하기로 했다. 나보다 뛰어난 친구들과 경쟁하는 방법은 노력뿐이라는 걸 받아들였다. 열심히 공부한 날은 항상 나 자신에게 상으로 간식을 주었다. 그 바람에 몸무게가 10파운드나 늘어났다.

나의 유치원 친구들과 함께 고등학교 마지막 무도회에서.

약간의 어려움이 있기는 했지만, 집을 떠나 혼자 생활하는 건 색다른 경험이었다. 특히 부모님과 함께 살지 않는 게 그랬다. 암에 걸리면서 나는 또래의 아이들보다 더 오래 부모님의 보호 아래 있어야만 했는데, 대학에 오면서는 그분들의 보호 아래 있다는 생각이 들지 않았다. 실제로도 그랬다. 외출할 때 미리 말하지 않아도 되었고, 원하는 만큼 늦게까지 놀아도 되었고, 숙제가 하기 싫으면 하지 않아도 되었다. 그야말로 자유로운 생활의 연속이었다. 물론 자유에는 당연히 대가가 따랐다.

대학에 오면서 또 하나 달라진 점은 내가 한국인이라는 사실을 더 자주 확인할 수 있게 되었다는 사실이었다. 콜로라도에 살 때는 주변에 사는 사람들이 거의 백인들뿐이어서 그럴 기회가 별로 없었다. 심지어 유치원 때나 초등학교 때는 내가 한국인이라는 것을 완전히 잊고 지내는 경우도 많았다. 그런 사실을 떠올리는 유일한 때는 거울을 볼 때뿐이었는데.

물론 크면서는 내 생각이나 행동에서 자연스럽게 묻어나는 한국적인 특징들 때문에 내가 한국인이라는 생각을 갖기도 했다. 예컨대 한국인들은 교육에 큰 가치를 두는 걸로 알고 있다. 또 미국인들은 한국인(좀 더 넓게는 동양인)하면 수학과 과학을 잘한다는 고정관념을 갖고 있고, 가끔은 공부만 하는 범생이라고 놀리는 경우도 있다. 그런데 난 범생이가 맞다.

하지만 엄밀히 말해 대학에 가기 전까지 나는 백인화되었다고 할 수 있다. 즉 문화적으로 미국적인 것에 더 익숙한 상태였다는 말이다. 부모님도 이해하지 못하는 미국식 유머를 난 이해할 수 있었다. 반면 한국문화에 대해서는 많이 알지 못했다. 친척을 만나러 네 번 정도 한국을 방문한 것 외에는 한국문화를 접할 기회가 별로 없었기 때문이다.

하지만 USC에 다니게 되면서 많은 한국 학생들을 사귀게 되었고, 코리아타운 바로 옆에 살았기 때문에 한국음식이나 문화를 접할 기회도 자연스럽게 많아졌다. 한국 친구들과 대화를 하면서 여러 가지를 공유할 수 있었다. 부모님들이 공부에 대해 주는 압박감이나 기대 등에 대해서도. 그래서 한국 친구들과 모여 그런 이야기를 나눌 때면 충분히 공감대가 형성되기도 했다. 그것은 무척 행복하고 즐거운 경험이었고, 나 자신에 대해서도 다시금 생각해볼 수 있는 좋은 기회들이 되었다.

　　대학생활은 혼자서 버텨내야 할 여러 가지들이 생긴 반면, 내 꿈이 한 발짝 더 다가갈 수 있는 과정이기도 했기에 난 늘 설레는 가슴으로 하루하루를 맞았다. 새로 생긴 친구들도, 새로 알게 되는 지식들도, 때때로 들쑥날쑥한 성적이나 새로 알게 된 친구들과의 문화적 차이조차도…… 지금이 아니면 가질 수 없는 짙은 행복들이었다.

　　나는 언제 암을 앓았던 적이 있었나 싶을 만큼 밝고 활기차게 생활했다. 그리고 "내 담당 치료 의사 존 유 박사님의 인터뷰 내용은, 내가 암을 잘 이겨나가고 있고, 지금의 내 모습이 많은 사람들에게 '기적은 일어날 수 있다'는 믿음을 심어주고 있음을 느끼게 됐다. 그것은 내 꿈에 대한 확신을 더욱 심어주고, 그 꿈을 향해 쿵쾅거리는 마음을 멈추지 않게 했다."

상황을 우스꽝스럽게 만들어버리면

비록 잠깐이지만 힘든 상황이 아무렇지 않게 느껴진다.

상황이 나쁘다고 해서 심각한 표정으로 앉아만 있는 건 좋지 않다.

사람들을 만나고 즐거운 일을 찾아서 하다 보면

많은 것들이 좀 더 견디기 수월해진다.

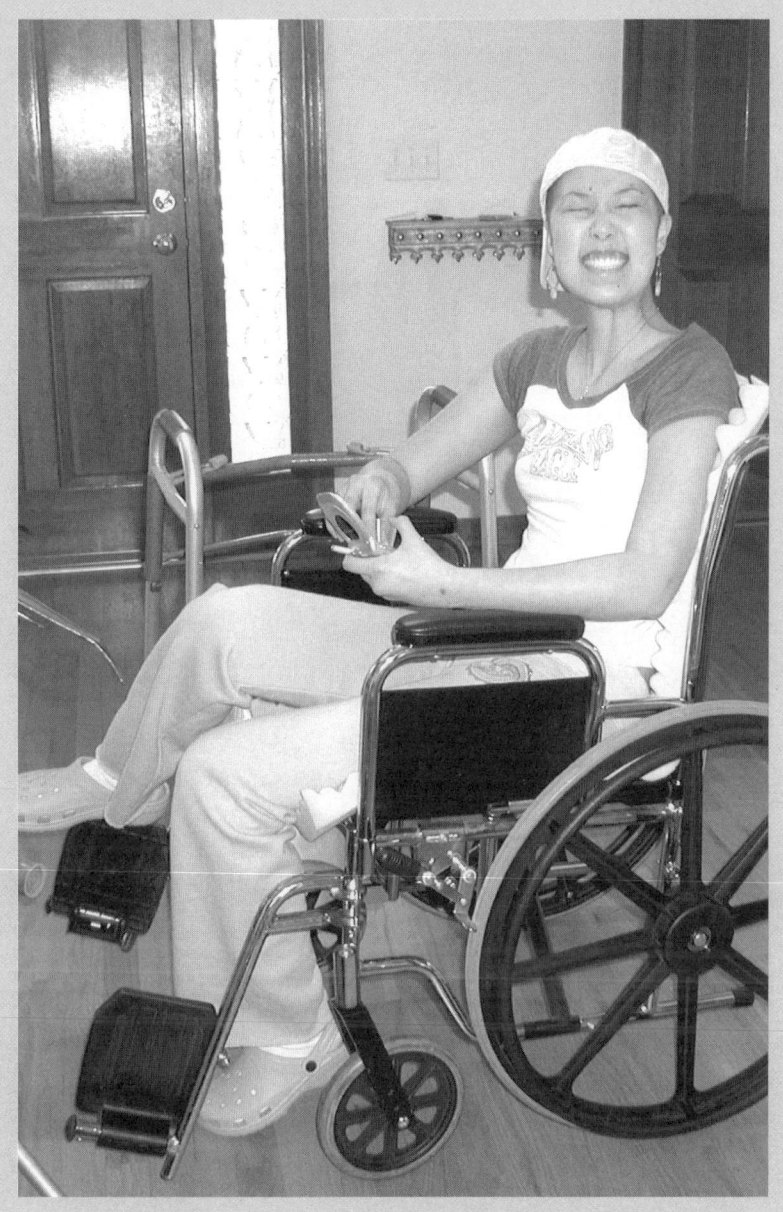

누군가에게 귀감이 된다는 것

─존 유 박사님의 편지─

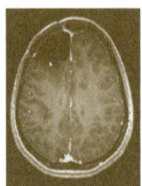

여기 이 사진에 보이는 게 제니의 종양이었어요. 보이시죠? 반대쪽으로 밀어내는 것 말이에요. 그리고 그 주변이 다 부어 있었죠. 여기도 그렇구요. 두통이 굉장히 심하다고 했던 기억이 나요. 그랬을 법도 해요. 두뇌는 공간이 한정되어 있는데 종양이 자꾸만 커졌으니까요. 매우 크고 공격적이었어요. 응급수술을 해야 했죠. 무척 까다로운 수술이었어요.

또 그녀에겐 리─프라우메니 증후군이 있다는 게 확인되었죠. 대부분의 사람들은 암에 걸리려면 두 가지 유전자가 돌연변이를 일으켜야 하는데, 제니는 이 증후군 때문에 하나만 변형되어도 암에 걸리게 됩니다. 외부환경에 존재하는 모든 것들, 가령 오염물질 등이 우리 몸에 변형을 일으킬 수 있는데, 그녀는 돌연변이를 일으키는 유전질환을 갖고 태어났기 때문에 암에 걸리기가 더 쉬운 겁니다. 그래서 그녀의 두뇌, 뼈, 다리 등 온 몸에 암이 생기는 겁니다. 바로 그것 때문에 치료하기가 더 어렵죠.

아. 그리고 이쪽 사진은 1개월쯤 전에 찍은 사진인데요. 여길 보면 종양이 완전히 제거된 걸 볼 수 있어요. 재발 흔적 없이 말이에요. 수술을 잘 견뎠다는 사실이 참 놀랍죠? 2009년 10월에 수술을 했고 지금은 2011년이니까, 이미 이 질병의 평균생존기간인 14.6개월을 넘어서 생존한 셈이죠. 그러니까 제니는 완전한 생존자죠.

종양을 제거한 게 전두엽인데, 이 부분은 집중력이나 성격에 영향을 줄 수 있어요. 제니는 본인이 전보다 덜 깐깐해졌고 긴장도 덜 한다고 하는데, 아마도 이 전두엽 일부를 떼어낸 것과 관계가 있을 거예요. 예전에 어떤 예술가를 수술한 적이 있었는데, 그 사람은 정말 멋진 조각 작품들을 만드는 사람이었어요. 제니보다 훨씬 더 많은 부분을 떼어내야 했죠.

그 사람 종양이 제니보다 뒤 쪽으로 두 배는 더 컸는데, 그 사람도 수술을 성공적으로 끝내고 회복을 하긴 했어요. 예술을 계속할 수 있겠냐고 물었더니 아이디어가 더 이상 없다고 못할 것 같다고 하더군요. 그 사람의 경우처럼 가끔은 아이디어를 잃거나 동기를 잃을 수도 있어요.

하지만 장점이 될 수도 있습니다. 좀 더 여유를 가질 수 있으니까요.

수술 후에는 제니를 저희가 진행 중인 임상치료에 참여시켰어요. 이 치료의 목적은 그녀의 면역체계가 종양과 싸우도록 유도하는 거였죠. 우리는 제니에게 세 가지 백신을 투여했고, 이것 역시 그녀가 잘 견딜 수 있었던 이유 중 하나라고 생각해요. 하지만 제니가 완치되었다고 말하기는 힘들어요. 뇌암은 완치되었다고 보는 일이 없거든요. 80퍼센트의 환자들이 2년 내에 사망합니다. 다른 질병에 비해 상대적으로 일찍 사망하죠. 매우 치료하기 어려운 질병입니다. 그래서 우리는 치료라는 말보다는 완화라는 말을 더 많이 써요. 종양이 돌아오지 않는 경우에 말이에요. 다행히도 제니의 종양은 돌아오지 않았고, 다시 돌아오지 않길 모두가 바라고 있어요.

그녀에게 꿈이 있다고 하죠? 엄밀히 말해서 지금까지의 통계만을 놓고 본다면 그녀가 살아남아서 자기의 꿈을 이루기는 어렵다고 해야겠죠. 하지만 아시다시피 그녀는 통계 수치보다 훨씬 오래 견뎠어요. 통계대로라면 어렸을 때 이미 사망했어야 맞죠. 초등학교 때 말이에요. 하지만 지금까지 생존하지 않았습니까? 정말 믿기 어려운 일이죠.

"그녀에게 이 통계를 알려주었다면 결과가 달라졌을지 몰라요. 하지만 그녀는 통계에 의존하는 사람이 아니에요. 보다 더 강한 내적 힘에 의존하죠. 그래서 난 그녀가 성공할 수 있으리라는 기대를 가지고 있어요. 굉장히 밝은 여자이고 세상에 나눠줄 것이 많은 사람이죠. 그녀가 그걸 할 수 없다면 참 안타까울 거예요."

그녀는 매우 특별한 사람입니다. 제 생각에는 그 부모님도 매우 특별한 분들이에요. 특별한 영혼을 가진 사람들이죠. 대부분의 사람들은 첫 번째 암 이후로 포기했을 거예요. 또 대부분의 사람들은 지금까지 살아 있지 못했을 거예요. 희망을 간직하지 못했을 테니까요. 세 가지, 네 가지의 서로 다른 암을 겪으면서 어떻게 행복할 수 있겠어요? 도저히 이해하기 어려운 일이죠. 그래서 그녀가 특별하다고 하는 겁니다. 마치 투사와도 같아요. 저는 정말로 그 원천이 종교적 신념이라고 생각해요. 그녀가 싸울 수 있는 힘 말입니다.

그녀는 확실히 이 질병에서 살아남았고 두 개의 다른 암으로부터도 살아남았죠. 그래서 저는 그녀를 기적이라고 생각합니다. 바로 하나님에 대한 증거 말입니다. 그녀는 위대한 영혼을 가진 아름다운 여성입니다. 그리고 신에 대한 믿음이 충만한 사람이죠. 이건 의사들이 할 수 있는 일이 아닙니다. 그녀를 여기까지 이끄는 데 하나님이 개입했다는 건 명백한 사실처럼 보입니다.

죽어도 괜찮은 사람은 없습니다,
숨 쉬는 것은
모 든 꿈 의 이 유 입 니 다

2011년 5월 13일은 아주 특별한 날이었다. 그날 나는 USC를 졸업했다. 다른 친구들처럼 나도 가운을 입고 학사모를 썼다. 그들과 다른 점은 세 번째 다리인 지팡이를 짚고 있다는 사실이었다. 졸업식장은 각 지역에서 모인 수많은 사람들로 북적였다. 누군가의 가족들과 친지들이 서로 부둥켜안고 사진을 찍으며 졸업을 축하하느라 분주했다. 꽃다발과 화환과 사람들의 웃음소리가 캠퍼스를 수놓았다.

행진을 위해 다른 친구들과 함께 대기하고 있는데, 갑자기 그동안 겪었던 수많은 시련들이 머릿속을 스치고 지나갔다. 고통 속에서 암과 싸우던 지난 시간들, 그때 내가 했던 생각들, 내가 꿈꾸던 미래의 모습이 한꺼번에 내 눈앞에 나타났다. 그러자 졸업이 현실의 일처럼 느껴지지 않았다. 마치 꿈속에서 다른 사람의 졸업식을 지켜보는 것 같았다. 졸업생들의 행진이 시작되고 사람들 속에서 울고 있는 엄마를 보았을 때 비로소 졸업이라는 걸 조금 실감할 수 있었다.

'아, 내가 졸업을 하는 거구나!'

나는 다리를 절룩거리며 졸업식장으로 들어갔다. 내 목에는 3.5이상의 학점을 받은 이에게 주어지는 상징이 걸렸다. 하지만 그보다 더 자랑스러운 건 대학에 다니는 동안 훌륭한 친구들을 많이 사귀었고, 그들과 계속해서 좋은 관계를 유지했다는 점이었다. 졸업 후 콜로라도에 다시 돌아왔을 때 LA에서 함께한 친구들은 더 이상 내 곁에 없었다. 그들의 부재는 나를 슬프게 했다. LA라는 도시를 떠나게 된 것도 마찬가지였다. 대자연 속에서만 즐길 수 있는 다양한 스포츠와 취미 생활이 많은 비중을 차지하는 콜로라도보다는 LA의 삶이 나에게 더 맞았다. 몸이 불편한 게 가장 큰 이유일 것이다. LA에서 경험한 자유와 가능성 때문에 난 그 도시를 좋아하게 되었고, 그곳의 친구들을 진정으로 사랑하세 되었다.

돌이켜보면 4년의 대학생활은 굉장히 짧은 것이었다. 병원에서 보낸 시간이 많아서 보통의 아이들이 경험하는 것들을 더 많이 경험하지 못한 건 두고두고 아쉬울 것 같다. 친구들과 더 많은 추억을 쌓지 못한 것도, 멋진 남자친구를 만나지 못한 것도 무척 아쉽다. 하지만 내게 주어진 상황에서 최선을 다했기에 후회는 없다.

"에…… 여러분 모두 고등학교를 지나 여기까지 오는 데 다른 이들보다 4배, 10배의 노력을 했다는 걸 잘 알고 있습니다. … 우리 졸업생들에게 도움을 준 모든 선생님, 부모님, 친구들께 말씀 드립니다. 진심으로 축하합니다. … 이제, 여러분이 기다리고 기다린 주요행사입니다. 바로 무대에 오르는 시간입니다. 오늘 무대에 오르는 순서는 먼저 박사졸업생들, 다음 석사졸업생들, 다음 학사졸업생들 순으로 진행하겠습니다."

많은 이들의 이름이 호명되었고 박수 소리가 장내를 떠나지 않았다. 부끄럽지만 그날 나는 지역 사회에 공헌한 학생에게 주어지는 특별상을 받게 되었다.

"제니 양."

내 이름이 들리자 나는 다리를 절룩거리며 상을 받으러 앞으로 나갔다. 교수님과 악수하고 기념사진을 찍었다. 잘 보이지는 않았지만 사람들 속에서 나를 보고 있을 엄마, 아빠, 그리고 오빠의 모습이 떠올랐다. 가슴이 벅찼다.

감동적이었던 대학 졸업식 날. 엄마와의 뜨거운 포옹.

모두가 알다시피 나는 대학에 다니는 동안 뇌암에 걸렸고, 뼈암이 재발했고, LFS라는 무서운 유전병을 갖고 있다는 걸 확인했다. 하지만 다행스럽게도 내가 졸업을 위해 쓴 시간은 다른 이들과 마찬가지로 4년이었다. 아마도 고등학교 때 대학 학점을 인정해주는 AP클래스를 자주 들었던 게 많은 도움이 된 것 같다. 물론 암을 치료하면서 대학을 제때 졸업하는 건 쉬운 일이 아니었다. 특히 3, 4학년 때는 아무런 여유도 즐길 수 있있다. 항상 아프고 피곤한 상태로 3, 4학년을 지내야 했다. 모든 방학과 대부분의 자유 시간을 반납해야 했다.

하지만 내 개인적인 노력보다 중요한 건 내 주변에서 나를 위해 애써준 많은 천사들이 있었다는 사실이다. 실력과 영감으로 나를 일으켜

세워준 의사들과 간호사들, 내가 웃음을 잃지 않도록 나를 다독여준 내 친구들, 격려와 지원을 아끼지 않았던 많은 이웃들, 그리고 언제나 내게 대가 없는 희생과 헌신을 쏟아주었던 나의 가족들, 그들이 없었다면 나는 그날 졸업식 무대에 오르지 못했을 것이다.

"믿을 수가 없어. 너무너무 아팠는데. 졸업한다는 게, 믿을 수가 없어……."

단상에서 내려와 울고 있는 엄마의 얼굴을 보자 참았던 눈물이 쏟아졌다. 나는 엄마를 부둥켜 안고 한참을 울었다. 엄마는 그런 내 얼굴을 몇 번이고 쓰다듬어주었다.

대학을 졸업한 친구들은 뿔뿔이 흩어져서 각자의 삶을 살게 되었다. 이미 결혼한 친구도 있고, 의대에 진학해서 수련하고 있는 친구도 있다. 그들이 어디에 있건 건강하고 당당하게 자신에게 주어진 길을 걸어갔으면 한다. 나 역시 그랬으면 좋겠다.

대학생활은 내게 더 많은 인내와 용기를 필요로 하는 것이었다. 하지만 나는 포기하지 않고 잘 해냈다. 정말 지치고 힘들 때도 있었지만 그때마다 주변의 많은 사람들과 내가 이루어야 할 꿈을 떠올렸다. 사람들은 힘이 들 때면 쉽게 '죽고 싶다'는 말을 내뱉곤 하지만 정말 죽고 싶은 사람이 어디 있을까.

사람은 누구나 크기와 관계없이 꿈을 갖고 있고, 그 꿈을 이루기 위해 열심히 살아간다. 하지만 새로이 닥쳐드는 시련들 때문에 일이 잘 풀리지 않거나 스스로 극복하기 힘들다고 여겨지는 고난 앞에 섰을 때 '죽고 싶을 만큼' 속상하고 마음이 아픈 것이다.

하지만 "꿈이 있다면, 꿈이 있는 사람이라면 누구나 살아야 할 이유는 충분하다. 대학을 졸업하면서 느낀 가장 큰 감정은 이제 내 꿈을 위해 커다란 한 발짝을 디뎌 여기까지 왔다는, 나 자신에 대한 대견함이었다. 엄마에게 죽고 싶다고 원망하며 울던 시간들도, 또 다시 일어나 웃으며 회복하던 시간들도 모두 지나 여기까지 왔다. 난 이렇게 살고 있고 앞으로도 잘 살아낼 것이다. 누구보다 건강하게, 밝게."

엄마가 준비한 내 졸업선물은 한국여행이었다. 역시 최고의 선물이었다. 그때까지 한국에는 딱 세 번 가봤는데, 고등학교 졸업 즈음에 갔던 게 마지막이라서 기대가 컸다. 그리운 친척들도 볼 수 있고, 맛있는 한국 음식도 먹을 수 있으니까. 한국에만 가면 난 살이 잔뜩 쪄서 돌아오곤 했다. 내가 즐겨먹는 한국 음식은 꽤 다양하다. 갈비, 팥빙수, 호떡, 떡볶이……. 다시 그 모든 음식들을 먹을 수 있겠지. 그날을 기대하며 다시 웃는다.

이루어야 할 꿈이 있습니다,
그 꿈을 위해 다시 일어설 것입니다

― 알바노 박사님의 글

제니를 처음 알게 된 건 그녀에 대한 보고를 통해서였습니다. 그녀의 양쪽 좌골에 이상 소견이 있고 그것이 암일 가능성이 높다는 내용이었죠. 예상했던 대로 그것은 암이었습니다. 난 제니를 처음 담당했던 소아과 선생님과 많은 이야기를 나누었습니다. 그분은 제니와 내가 잘 맞을 것 같다고 말해주었고, 그분의 예상은 100퍼센트 맞았습니다.

난 기꺼이 제니의 담당의사가 되었고, 위킨슨 선생님과 함께 제니 양쪽 좌골에 생긴 종양을 제거하는 일을 맡게 되었죠. 사실 그 치료는 상당히 까다로운 것이었는데 제니는 너무나 잘 참아냈어요. 제니의 참을성과 의지는 나에게 많은 영감을 주었습니다. 제니는 최악의 상황에서도 밝게 행동할 줄 아는 아이였어요. 생각해보면 참 지독히도 긴 치료

과정이었습니다. 제니는 엄청나게 다양한 치료들을 단계별로 끊임없이 받아야 했어요. 물론, 지금도 그 연장선에 있습니다. 어쩌면 이것은 평생이 될 수도 있고요.

의사 생활을 하다 보면 어떤 환자들과는 가족이나 친척보다 더 자주 만나게 되는 경우가 있어요. 제니가 그 대표적인 예죠. 제니는 내 딸과 비슷한 또래이기도 해서인지 제니를 치료하면서 난 마치 내가 제니의 어머니가 된 것 같은 느낌이 들기도 했습니다. 때로는 내 아이가 제니처럼만 자라주었으면 좋겠다고 생각할 때도 많았습니다.

좌골에 종양이 생긴다는 건 정말 흔한 일이 아닌데, 하필 제니에게 그런 일이 생겼어요. 그런 경우 치료할 수 있는 확률이 매우 낮은데다 그 종양을 제거하기 위해서는 좌골을 꺼내야 하는 번거로움도 동반됩니다. 골반을 들어내어 암을 제거한 후에 인공골반을 이식하는 수술은 무척이나 위험했어요.

그토록 운동을 좋아하고 누구보다 밝게 뛰어놀던 제니가 수술 때문에 자유롭게 걷지도, 뛰지도 못하게 됐을 때 그 마음의 고통이 얼마나 컸을까요. 하지만 제니는 또 잘 이겨냈습니다. 세상에 제니를 가로막을 것은 아무것도 없다 여겨질 만큼 그녀는 밝았습니다. 물론, 신체적인 제약이 조금 생기긴 했지만 그건 문제가 되지 않았어요. 여느 건강한 학생들과 다름없이 대학생활도 잘 마치고 돌아왔고, 스스로의 힘으로 모든 것을 해냈으니까요.

물론 무척이나 힘들었겠죠. 하지만 다른 아이들과 똑같이 4년 후에 졸업을 했어요. 나와 치료를 할 때에도 한 달에 네 번은 병원에 와야 했는데, 그래도 제니는 공부를 포기하지 않고 악착같이 해냈어요. 다른 아이들이라면 벌써 포기했겠죠. 1년 가까이 학교를 쉬어 수업을 따라가기도 쉽지 않았을 텐데 그렇게 되지 않도록 언제나 자신을 관리했어요. 심지어 그 무섭다는 화학치료를 받으면서도 제니는 공부를 멈추지 않았습니다.

제니는 언제나 목표가 뚜렷했고, 자신이 하고 있는 일이 무언지 알고 있는 듯 보였습니다. 게다가 제니는 아픈 와중에도 자선기금을 모으는 등 교외 활동에도 열심이었어요. 대부분의 대학생들은 공부하느라 바빠 그런 활동까지 할 생각은 못하는데 제니는 몸이 불편함에도 학교생활과 교외 활동을 병행했고, 둘 다 완벽하게 소화해냈어요. 항상 그 특유의 미소를 잃지 않으면서 말입니다.

제니가 대학에 다닐 때 어떤 메디컬 스쿨 프로그램의 인터뷰에서 그녀가 면접관에게 내 이야기를 했다고 합니다. 내가 자신에게 어떤 영향을 미쳤는지에 대해서 말입니다. 제니는 결국 나 때문에 메디컬 스쿨에 지원하게 됐다고 했습니다. 나 때문에 의사가 되기로 결심했다고요. 그 말을 들었을 때 난 눈물을 참을 수가 없었습니다. 누군가가 꿈을 가지도록 영향을 줄 수 있다는 건 정말 멋진 일이니까요. 나로 인해 그 사람

존경하는 알바노 박사님과 함께

이 좋은 방향으로 변하게 된다는 것. 그런 경험을 안겨준 제니에게 정말 너무나 감사합니다. 그녀로부터 받은 존중을 난 언제까지나 잊지 못할 것입니다.

난 때때로 제니의 힘의 원동력이 어디에 있을까를 생각해보곤 합니다. 다양한 요소들이 있겠지만 제니에게 좋은 부모님과 가족이 있다는 것, 그 영향이 정말 크다는 생각을 해봅니다. 어린아이들의 행동과 성격을 오랫동안 관찰하다 보면 대부분 자신을 키워준 부모님에게서 많은 영향을 받았다는 걸 알 수 있거든요. 유전적인 특징도 한 몫을 하지만요. 특히 제니의 부모님은 곁에서 제니를 돌봐주면서도 언제나 그녀가 스스로 설 수 있는 자리를 남겨두곤 했습니다. 그 모습이 참 인상적이었어요.

열여덟 살이라면 의료적으로 자주적인 나이가 되었다고 합니다. 그 말은 스스로 의사결정을 할 수 있는 나이가 되었다는 뜻이기도 해요. 하지만 어떤 부모들은 열여덟, 스물, 심지어 스물한 살이 되었음에도 여전히 아이를 대신해 결정을 내려주는 경향이 있습니다. 하지만 제니의 부모님은 그녀의 복잡한 병력에도 불구하고 언제나 제니에게 자율성을 주어 스스로 결정을 할 수 있도록 해주었어요. 예컨대 검사결과가 나오지 않았을 때 어머님은 제니에게 먼저 결과를 알려주라고 말해주었습니다. 그리고 제니가 그 결과를 다시 엄마에게 알려줄 때까지 기다리곤 했어요. 이건 사소한 일일 수도 있지만 의사인 내 경험상 이런 특징은 무척 중요하다고 보입니다. 대부분 부모가 한 발 뒤로 물러나 아이를 존중하기란 참 쉽지 않거든요. 특히 자기 아이의 건강에 문제가 있는 경우에는 더욱 그렇습니다.

그 외에도 많은 복합적인 요인이 작용했을 것입니다. 제니가 살아온 인생의 경험들도 중요했겠지요. 제니가 읽은 책과 그녀가 만난 친구들, 그리고 제니의 평소 생각들까지도. 하지만 제니는 그게 무엇이든 스스로에게 이롭게 만들 줄 아는 아이였습니다. 자신에게 긍정적인 방향으로 작용할 수 있도록 말입니다. 가끔은 그런 제니가 상품화되면 어떨까 하는 실없는 생각도 해봅니다. 긍정적인 면이 부족한 사람들에게 조금씩 나눠줄 수 있도록 말이죠.

"제니가 의사가 되겠다고 합니다. 제니는 다른 학생들처럼 그렇게 공부할 수 있을지 고민이라고 했지만, 지금까지 그녀의 모습을 돌이켜 보면 나는 제니가 못할 이유가 전혀 없다고 봅니다. 의대에 가지 못할 이유도 없고 의대의 수련 과정을 패스하지 못할 이유도 없습니다. 그 어떤 것도 그녀에겐 제약이 될 수 없으니까요."

물론 제니에게는 신체능력과 관련한 난관이 조금은 있을 것입니다. 하지만 여러 가지 방법이 충분히 존재하니까요. 제니가 알고 있는지 모르겠지만 우리 병원에도 허리 밑으로 반신 마비가 있는 의사 선생님이 있습니다. 그분은 모터스쿠터를 타고 다니는데, 정말로 훌륭한 의사입니다. 여긴 제법 큰 병원인데도 어디든 아무 제약 없이 잘 다니세요. 그러니 제니도 그렇게 못할 이유는 없는 것이지요.

제니는 소아암을 전공하고 싶다고 합니다. 정말 좋은 생각이에요. 제니도 그런 치료를 받아보았고 그 경험을 밑거름으로 삼을 수 있으니까요. 실제로 우리 병원의 종양학과에는 어렸을 때 암 치료를 받은 경험이 있는 의사들이 있습니다. 그리고 그분들은 굉장히 독특하고 통찰력 있는 관점을 제시하는 경우가 많아요. 또한 그분들은 어린 환자들과 그 부모로부터 존경을 받는 경우가 무척 많습니다. 바로 자신의 경험을 바탕으로 한 그 독특한 관점 때문입니다.

제니 또한 충분히 그렇게 될 수 있다고 믿습니다. 제니가 만약 의사가 된다면 많은 아이들에게 좋은 롤모델이 될 거예요. 그리고 제니로부터 영향을 받은 많은 아이들 또한 제니가 그랬듯 자신의 꿈을 좇을 수 있을 것입니다. 그래서 난 누구보다 제니의 꿈이 이루어지기를 바랍니다. 제니야말로 다른 누구보다 꿈에 대한 용기를 얻게 하고, 그 꿈 때문에 새로운 희망을 발견하게 하는, 씨앗의 역할을 할 수 있는 사람이란 걸 굳게 믿으니까요.

"한 번도 경험해본 적 없는 나쁜 상황에 처했을 때
우리는 그것이 최악이라고 느끼지만,
그 최악의 순간을 견디고 나면 그것이 결코
최악이 아니었다는 걸 깨닫게 된다.
우리는 누구나 그렇게, 성숙해가는 것이다."

Chapter 5

나에게
서른 살이 온다면,
지금처럼만
행복할 것

네 마음을 다하여 주님을 신뢰하고
너의 예지에는 의지하지 마라.
어떠한 길을 걷든 그분을 알아 모셔라.
그분께서 네 앞길을 곧게 해 주시리라.

– 잠언 3장 5절~6절

안녕. 미래의 내 딸.

너는 어떤 모습일까. 아마도 나를 닮아 밝고 건강하고 모든 사람들과 잘 어울리며 늘 희망을 주는 그런 모습이겠지? 너를 만나게 된다면 나의 엄마가 내게 그랬듯 세상에서 가장 깊고 따뜻한 사랑을 너에게 줄 거야. 그 사랑은 너의 딸과 또 그녀의 딸을 통해…… 그렇게 영원한 사랑으로 이어질 테니까.

나보다 더 아픈 사람들을 위해
더 많이
기 도 할   것 입 니 다

어딘가에서 아픈 몸으로 이 책을 읽고 있을 친구들에게 씁니다.

내 몸에 장애가 생긴 지도 올해로 8년이 되었습니다. 이제 나는 뛸 수 있다는 게 어떤 기분인지 거의 기억나지 않습니다. 어쩌다 한 번씩 숲속을 뛰어가는 꿈을 꿀 때가 있습니다. 비록 꿈속이지만 그럴 때면 시원한 바람이 두 뺨을 스치는 걸 느낄 수 있습니다. 가끔은 친구들과 배구나 농구를 하는 꿈을 꾸기도 합니다. 꿈속에서 스파이크를 성공시키거나 3점 숏을 넣으면 엄청나게 짜릿한 기분을 느낍니다. 그런 기분은 내가 꿈에서 깨어났을 때까지도 지속되곤 합니다. 침대에 누워서 방금 전 꾼 꿈의 여운을 느끼면서 나는 한 가지의 분명한 사실을 깨닫습니다.

이제 다시는 그런 경험을 할 수 없다는 것입니다. 그걸 아는 순간 좀 전의 그 짜릿한 기분은 금세 사라져버립니다.

양쪽 골반에서 두 개의 종양을 떼어내는 수술은 나를 영구적인 절름발이로 만들었습니다. 골반과 장골을 비롯하여 상당한 양의 근육을 떼어냈습니다. 의사 선생님은 곧바로 인공 골반을 이식하는 수술을 했습니다. 그러는 데 네 시간 정도의 시간이 걸렸습니다. 그 네 시간이 저의 남은 삶을 완전하게 바꾸어놓았습니다. 너무 많은 근육을 제거해야 했기 때문에 나는 장애인이 되었습니다. 지팡이가 없이는 어디에도 갈 수 없는 여고생이 된 겁니다. 다시는 뛸 수 없는 배구선수가 된 겁니다.

수술이 끝나고 얼마 지나지 않았을 때 한 친구가 나를 방문했습니다. 그 친구는 피겨스케이팅 선수였고, 아마추어 레벨에서 정기적으로 시합에 출전할 정도로 실력이 뛰어난 친구였습니다. 피겨스케이팅을 시작한 이후에 친구의 발뒤꿈치에 커다란 염증이 생기기 시작했습니다. 스케이트가 발에 너무 자주 닿으면서 생기는 문제였습니다. 나중에는 염증이 너무 커져서 수술을 해야만 했습니다. 그 수술은 회복하는 데 8주가 걸렸고, 그동안 친구는 스케이트를 탈 수 없게 되었습니다.

나는 침대에 반쯤 누워서 그 친구가 8주 동안이나 스케이트를 탈 수 없게 되어 속상해하는 모습을 지켜봐야 했습니다. 우리 둘 사이의 관계를 유지하기 위해서 나는 친구의 불평을 말없이 들어주었고, 모든 것을 이해한다는 듯이 고개를 끄덕여 주었습니다. 그렇지만 나의 내면에서는 그런 태도와 정반대의 생각들이 가득했습니다. 부끄럽지만 영구적인 장애를 갖게 된 내게 고작 8주의 불편을 호소하는 친구가 달갑지 않았던 겁니다. 친구에게는 분명 비극적인 일이었지만 그때 나는 그녀에게 진정한 위로를 해줄 수 없었습니다.

지금 생각해보면 그건 분명히 잘못된 생각이었습니다. 만약 그때 내가 건강한 열여섯 살의 소녀였고 그 친구와 똑같은 상황에 처했다면 달리 행동할 수 있었을까요? 나는 그렇다고 말할 수 없습니다. 나도 마찬가지로 친구 앞에서 속상하다는 이야기를 했을 것입니다. 그 친구는 잘못한 게 아무 것도 없습니다. 단지 그 친구의 상황과 내가 처한 상황이 달랐을 뿐입니다. 사람들은 각자 자기가 처한 상황 속에서 최선을 다합니다. 그리고 서로가 처한 상황은 상대적이기 때문에 내 상황을 남의 상황과 비교해서는 안 됩니다. 오히려 지금의 상황에 감사하면서 하루하루를 사는 게 우리가 할 수 있는 일입니다.

"한 번도 경험해본 적 없는 나쁜 상황에 처하게 되었을 때 우리는 그것을 최악이라고 느끼곤 합니다. 하지만 그보다 더 나쁜 상황에 처했을 때 혹은 그것을 극복했을 때 우리는 한 가지의 중요한 사실을 깨닫게 됩니다. 바로 최악이라고 믿었던 그 상황이 최악이 아니었다는 사실이죠. 우리가 지금의 상황에 감사해야 하는 가장 큰 이유는 바로 여기에 있습니다."

언제든 상황은 더 나빠질 수 있습니다. 불행히도 그럴 가능성은 누구에게든 있습니다. 그와 마찬가지로 상황은 더 좋아질 수도 있는 겁니다. 그건 지금의 상황을 받아들이는 여러분의 태도에 달려 있습니다.

언젠가 한번은 내 담당 간호사 언니가 어떤 획기적인 수술 방법에 대한 이야기를 들려주었습니다. 그건 정형외과에서 다리를 절단하게 된 아이들에게 시도하고 있는 방법이었습니다. 간단히 말해서 잘린 다리의 발목 관절을 절단한 부분에 다시 붙이는 것이었습니다. 그러면 의족을 끼웠을 때 그것이 관절의 역할을 해주어서 관절이 없는 경우보다 훨씬 더 자기 다리 같은 느낌을 가질 수 있다고 했습니다.

간호사 언니는 그 획기적인 수술 방법에 대해 잔뜩 흥분해 있었지만, 나는 그 이야기가 너무 무섭고 끔찍하게 들렸습니다. 만약 그런 수술을 받는다면 내 모습이 얼마나 괴상하게 보일지 상상만 해도 괴로웠습니다. 무엇보다 다리를 잃는다는 생각을 하니까 너무 무서웠습니다. 그런데 얼마 후에 나는 그런 수술을 실제로 받은 소녀를 보게 되었습니다. 소녀는 휠체어에 앉아 색칠놀이를 하면서 천진난만하게 웃고 있었습니다. 소녀는 그 수술을 받음으로써 훨씬 더 행복한 삶을 살 수 있게 된 겁니다. 다리를 절단하는 건 분명 슬픈 일이지만 그걸로 삶이 끝나는 건 아니었습니다. 나는 어린이병원의 암병동에서 그런 생각에 확신을 주는 사례를 자주 보았습니다.

나보다 더 어려운 상황에 처한 사람들을 볼 때마다 나는 안도의 한숨을 내쉬곤 했습니다. 그럴 때마다 죄스러운 기분이 들기도 했습니다. 하지만 지금은 그렇지가 않습니다. 단지 더 어려운 상황에 처하지 않았다는 것에 감사할 따름입니다.

스물한 살의 나이에 나는 네 가지 종류의 암에 걸렸고, 청소년 시절의 거의 대부분을 병원에서 보냈습니다. 특히 나에게는 LFS라는 희귀한 유전질환이 있어서 앞으로도 내 삶은 암과의 싸움의 연속일 것입니다. 솔직히 말해서 나는 나보다 더 힘든 상황에 처한 사람을 많이 알지 못합니다. 그래서 나는 당신에게 이렇게 말해줄 수 있습니다. 만약 당신이 당신의 상황에 절망하고 있다면 우선은 나를 보고 위안을 얻으라고 말입니다. 그리고 이 말을 기억하세요. 상황은 언제든 더 어려워질 수 있습니다. 그 말은 곧 지금의 상황이 최악이 아니라는 뜻입니다. 그걸 알게 된다면 여러분은 절망을 희망으로 바꿀 수 있습니다.

나는 여러분에게 이렇게 묻고 싶습니다. 몸이 아픈 사람은 항상 침울한 표정으로 병원에만 누워 있어야 하나요? 몸이 아픈 사람은 학교를 다닐 수 없나요? 몸이 아픈 사람은 대학에 갈 수 없나요? 나는 그 어떤 물음에도 '네'라고 대답하지 않겠습니다. 나의 대답은 확고하게 '아니요'입니다. 내가 살아온 삶을 통해서 그것을 확인했으면 합니다.

병상에서도 나는 꿈을 포기하지 않았습니다. 그럴 수가 없었습니다. 오히려 병을 이겨낼 때마다 내 꿈은 더 크고 명확해졌습니다. 나는 암에 걸린 아이들을 치료하는 의사가 되고 싶습니다. 무섭고 끔찍한 치료 과정을 조금이나마 견딜 만한 것으로 만들어주는 게 내가 하고 싶은 일입니다. 그건 바로 알바노 박사님을 비롯한 의사 선생님들과 간호사들이 나에게 해주었던 것이기도 합니다. 내가 경험한 것들은 그런 일을 하는데 많은 도움이 될 겁니다. 그래서 난 끝까지 이 꿈을 포기하지 않을 겁니다. LFS로 인해 다섯 번째, 여섯 번째 암이 다시 나를 찾아올 가능성이 높습니다. 하지만 그것을 극복할 때마다 나는 내 꿈에 더 가까이 다가갈 수 있습니다.

한 가지를 더 묻고 싶습니다. 여러분은 하나님에 대해 어떤 생각을 갖고 있나요? 그분의 존재를 믿는 분도 있을 테고, 그렇지 않은 분도 있을 겁니다. 하지만 내 삶은 하나님을 빼놓고는 아무것도 이야기할 수가 없다고 생각합니다. 지금까지도 나의 생존은 통계적으로도 의학적으로도 설명이 되지 않는 부분이 많습니다. 나 역시 내가 어떻게 살아남을 수 있었는지 알지 못합니다. 하나님의 의지가 있었다고 밖에는 생각할 수 없는 겁니다. 난 여러분을 선교하려는 게 아닙니다. 단지 신에 대한 나의 굳은 신념이 암을 이기는 데 얼마나 중요한 역할을 했는지 말해주고 싶은 겁니다. 여러분도 여러분만의 신념을 만들기 바랍니다.

난치병에 걸린 사람이 희망을 찾는 게 얼마나 어려운지 나는 잘 알고 있습니다. 나 역시 그랬으니까요. 뼈암이 어느 정도 잠잠해져서 대학생활을 즐기려고 하니까 더 무서운 뇌암이 발병했습니다. 겨우겨우 뇌암을 치료하고 있는데, 이번엔 뼈암이 재발했습니다. 그럴 때는 나 역시 절망하지 않을 수 없었습니다. 하지만 그건 잠깐이었습니다. 난 결국 그것들과 싸워서 이겼고 앞으로도 그럴 겁니다.

내가 할 수 있는 일을 여러분이 하지 못할까요? 작고 연약한 몸을 가진 한국계 여자애가 한 일을 여러분이 할 수 없을까요? 당연히 할 수 있습니다. 그러니 긍정적인 생각을 갖기 바랍니다. 끔찍한 생각에 너무 집중해서는 안 됩니다. 예를 들어 살아남을 수 없을지 모른다는 생각 말입니다. 그보다는 조금이라도 여러분의 기분을 나아지게 만드는 것에 관심을 갖기 바랍니다. 여러분을 행복하게 만드는 일을 하려고 노력해보세요. 그래도 잘 되지 않는다면 저를 떠올려보세요. 내가 아직 살아있다는 것과 꿈을 이루기 위해 여전히 노력하고 있다는 사실에서 희망을 얻기를 바랍니다.

당신의 건강을 기원하며
생존자 제니

언제든 상황은 더 나빠질 수 있습니다.

불행히도 그럴 가능성은 누구에게든 있습니다.

그와 마찬가지로

상황은 더 좋아질 수도 있는 겁니다.

그건 지금의 상황을 받아들이는

여러분의 태도에 달려 있습니다.

미래의 내 아들, 딸을 위해
더 많이
웃 을   것 입 니 다

미래에 태어날 나의 딸을 위해 씁니다.

안녕, 꼬마 친구!

넌 벌써 글을 읽을 수 있으니까 꽤 많이 컸겠지? 널 한 번도 본 적은 없지만 날 닮았다면 아마 상당한 미인일 거라고 생각해. 물론 공부도 잘 하겠지? 하하. 아무튼 난 너에게 내가 가장 후회하는 일에 대해 이야기 해주고 싶어. 그걸 너와 공유할 수 있다면 참 좋겠어. 내 이야기가 좀 지루해도 들어주지 않을래?

어렸을 때 나는 굉장히 활동적이었고 누구보다 건강한 아이였어. 한

마디로 못 말리는 말괄량이였지. 넌 어떠니? 여성스러운 아이니? 아니면 나를 닮아버렸니? 넌 혹시 바비인형을 가지고 있니? 난 다른 여자애들과 달리 바비인형을 갖고 노는 걸 좋아하지 않았어. 그런 것보다는 집 뒤에 있는 연못에서 낚시하는 걸 좋아했고, 얼굴에 흙먼지를 뒤집어쓴 채 동네아이들과 뛰어다니는 걸 더 좋아했지. 말하자면 나는 스포츠우먼이었어.

또 나는 승부욕이 굉장히 강했어. 너 승부욕이 뭔지 아니? 그건 남한테 지는 걸 싫어한다는 거야. 물론 지는 걸 좋아하는 사람은 별로 없지. 하지만 난 보통사람보다 더 그걸 싫어했어. 그런 성격은 내 삶의 모든 면에서 나타났어. 예컨대 학교에서 나는 가장 똑똑한 학생이어야 했지. 게임을 할 때도 항상 이겨야만 직성이 풀렸지. 다행히도 고등학교에 들어가면서는 그런 성격은 조금 누그러들긴 했어. 그렇지만 난 여전히 꼴찌를 하는 건 싫었지. 설마 너 꼴찌는 아니겠지? 아닐 거라고 믿을게.

어렸을 때 여름 방학이 되면 농구캠프와 배구캠프가 열리곤 했어. 난 스포츠우먼이었기 때문에 당연히 캠프에 참석했지. 거기에 다녀온 후로 나는 배구팀에 들어가기로 결정했어. 우리 고등학교에는 배구실력에 따라 단계별로 네 개의 팀이 있었거든. 선수를 선발해서 각 팀에 배정하던 날 나는 다른 애들의 엄청난 실력을 보고 최하위 팀에도 들어가지 못할 것 같아서 잔뜩 긴장을 했었어. 그런데 뜻밖에 두 번째로 실력이 좋은 팀에 들어갈 수 있게 된 거야. 뛰어난 친구들에게는 별로 대단한 일이 아닐 수도 있지만, 나는 그 팀에 들어갈 수 있어서 너무 기뻤어.

꼬마 친구야. 너도 배구를 해본 적이 있니? 난 정말 배구를 좋아했단다. 나는 우리 팀원들이 좋았고, 우리 코치님도 좋았고, 배구할 때 심장이 뛰는 그 느낌이 정말 좋았어. 매일 매일 신이 나서 훈련을 받으러 가곤 했지. 넌 뭘 좋아하니? 네가 좋아하는 걸 함께 할 수 있다면 참 좋을 텐데. 아마 그럴 수 있겠지?

언젠가 한 번은 이런 일이 있었어. 우리 학교 대표팀의 코치님의 우리가 연습하는 걸 보더니 나를 불러낸 거야. 대표팀은 네 개의 배구팀 중에서 가장 실력이 좋은 애들이 모인 곳이야. 그 코치님은 내게 토스하는 법을 가르쳐주었어. 우리 팀에서 내 포지션은 아웃사이드 히터(Outside Hitter)였거든. 바로 코트의 양쪽 선상에서 공격을 담당하는 역할이지. 코치님은 내 폼이 굉장히 좋다고 했어. 넌 잘 모르겠지만 그런 칭찬을 받는다는 건 굉장히 큰 의미가 있는 일이야. 배구를 하는 대부분의 아이들은 대표팀 코치로부터 특별한 관심을 받기를 원하지. 왜냐하면 그건 잠재력을 인정받았다는 것을 뜻하거든. 무엇보다 대표팀에 뽑힐 수 있는 가능성이 높아진다는 거였어.

그럼 나도 기분이 좋았겠다고? 사실 그렇지가 않았어. 난 오히려 그런 관심이 두려웠어. 난 그냥 내가 속한 팀에 남고 싶었거든. 대표팀 선수들은 우리 학교에서 가장 실력이 뛰어난 친구들이기 때문에 거기에 가면 난 아마 중간도 하기 어려울 것 같았어. 그럴 바에는 그냥 지금 있는 곳에서 조금이라도 잘 하는 게 낫겠다고 생각한 거지. 그러다 보니 대표팀 코치님의 관심이 내게는 부담스러웠던 거야.

그로부터 얼마 뒤에 다시 배구캠프를 갔는데, 그 코치님은 내가 조금만 연습하면 대표팀에 선발될 수 있을 거라고도 했어. 그런 좋은 평가를 들었음에도 난 더 잘해야겠다는 생각을 하지 못했지. 오히려 익숙한 곳에서 최선을 다하고 싶었어. 더 강한 팀에 들어간다면 실패할 확률이 높으니까. 스스로 만들어놓은 적당한 기준에 맞춰서, 적당히 노력하고, 적당히 만족하자는 거였지. 네가 봐도 참 바보 같은 생각이지? 하지만 그땐 그걸 몰랐어.

10학년이 된 나는 다시 새로운 배구팀에 들어가게 되었어. 역시 두 번째로 잘 하는 팀이었지. 이번엔 팀의 주장을 맡게 됐어. 언제나처럼 배구 시즌을 준비하기 위해 열심히 연습을 했는데, 어느 날 골반에서 통증이 느껴지는 거야. 처음엔 별로 대수롭지 않게 생각했지. 날마다 열심히 연습했으니까 그것 때문에 그런 줄만 알았던 거야. 시합 전에 소염제나 진통제 같은 설 먹고 시합에 나가곤 했어. 난 그때 굉장히 바쁘게 살았거든. AP클래스나 아너클래스 같은 어려운 수업을 소화해야 했고, 저녁 늦게까지 배구 연습도 해야 했지. 너무 바빠서 의사 선생님을 만나러 갈 시간이 없었어.

배구 시즌이 끝나고 나서야 엄마와 함께 병원에 갔지. 참을 수 없을 정도의 통증은 아니었지만 꾸준히 지속됐기 때문에 걱정이 되긴 했거든. 병원에 갈 때쯤에는 통증이 꽤 심해져서 다리를 절기까지 했어. 엑스레이를 찍었는데 원인을 알 수 없어서 MRI를 찍었어. 난 병원에 가느라 수업을 빼먹어야 했고, 심지어 MRI 때문에 시험도 못 봤어. 내가 얼마나 욕심 많은 아이였는지 말했었지? 특히 공부 욕심이 많았거든. 그래서 엄청 짜증이 났었지. 의사 선생님이 MRI를 한 번 더 찍으라고 했을 때는 정말 짜증이 났어. 난 그냥 근육이 좀 늘어났을 뿐인데, 뭐가 이렇게 복잡한 거지? 그런 생각이 들더라.

결국 세 번이나 MRI를 찍었어. 이제 끝인가 보다 했는데, 이제는 CT를 찍으라는 거야. 난 의사 선생님에게 물었어.

"시티는 종양을 찾을 때 찍는 게 아닌가요?"
"꼭 그렇지는 않아. 그건 MRI로는 볼 수 없는 다른 면을 보여주기도 한단다."

하지만 난 걱정이 되기 시작했어. 결국 그 걱정은 현실이 되었지. 내 몸에서 두 개의 종양이 발견된 거야. 하지만 난 처음에는 그게 암이 아니라고 믿었어. 확인을 위해서는 조직검사를 받아야 했어. 수면마취를 하기 전에 의사 선생님이 말했어.

"만약 네 몸속에 있는 게 암이라면 네 가슴에 화학치료를 위한 기구를 넣을 거야."

그런데 마취가 풀리고 잠에서 깼을 때 가슴에서 통증이 느껴졌어.

"내가 암에 걸린 건가요?"

"그렇단다. 이런 소식을 전하게 되어 정말 유감이구나. 혹시 뭐 궁금한 건 없니?"

"배구를 할 수 없는 건가요?"

"맞아. 넌 뛰거나 점프가 필요한 운동을 할 수 없어. 그리고 다시는 정상적으로 걸을 수 없을 거란다."

이 대화를 나누던 게 벌써 8년 전이구나. 이렇게나 많은 시간이 흘렀다는 게 믿어지지 않아. 의사 선생님의 말처럼 그 후로 나는 다리를 절룩거리게 되었지. 지팡이가 없이는 걷지 못하게 된 거야. 건강한 몸을 가진 사람들은 그걸 당연한 것으로 여기곤 해. 나도 한때는 그랬지. 하지만 다리를 절게 되면서 두 다리가 멀쩡하다는 게 얼마나 대단한 축복인지 알게 되었어.

수술 후 몇 달 동안 나는 배구 생각을 많이 했어. 배구는 암에 걸린 걸 알기 전까지 내가 가장 좋아하던 거였으니까. 좋아하는 놀이를 평생

할 수 없다고 한다면 정말 슬프지 않겠니? 그렇게 되고 나서야 대표팀 코치님이 했던 말이 생각났어. 다시 그때로 돌아갈 수만 있다면, 내가 할 수 있는 모든 노력을 다해서 대표팀에 들어갈 텐데. 최고의 배구선수가 될 수 있는 기회를 그런 식으로 날려버리지는 않을 텐데. 하지만 너무 늦은 후회였지.

꼬마 친구야. 내가 하고 싶은 말이 뭔지 알겠니? 어쩌면 네가 너무 어려서 이해하기 어려울 수도 있겠구나. 널 너무 무시하는 것 같다고? 그렇다면 정말 미안해. 그리고 이 말을 꼭 명심하길 바란다.

"무슨 일이 있어도 실패를 두려워하지 마. 넌 무엇이든 할 수 있고, 무엇이든 될 수 있으니까."

네가 누구보다 행복하고 건강하게 자랄 수 있기를 내가 항상 기도할게.

너의 친구 제니로부터

다시 오늘이 주어진다면,
어제에 대한 감사와 다가올 내일에 대한
기 대 로   살 겠 습 니 다

　　어느 날 나는 우연히 하나님에 대한 나의 생각을 말할 기회를 갖게
되었다. 사실, 이건 상당히 어렵고 무거운 주제였다. 이 세상에는 다양
한 종교가 있고, 사람들은 각자의 신념에 따라 살아가고 있다. 따라서
하나님에 대한 내 생각은 나와 신념이 다른 이들의 마음을 불편하게 할
지도 모른다. 그럼에도 나는 하나님에 대해 말해야 한다. 그분이 없이
는 내 삶을 완전히 설명할 수 없기 때문이다.

　　만약 하나님이 정말 존재하고, 그분이 좋은 분이라면 왜 이 세상에
는 이렇게 많은 악이 존재할까? 왜 아이들이 암이나 에이즈로 죽을까?
왜 대량학살이 일어날까? 왜 자연재해가 일어날까? 전쟁, 살인, 강간
등 다양한 종류의 폭력은 왜 일어날까? 그렇게 좋은 하나님이 왜 이런

일들이 일어나는 걸 용납하는 걸까? 왜 그걸 멈추시지 않는 걸까······.

이것은 사람들이 하나님에 대해 이야기할 때 가장 흔하게 등장하는 질문이다. 이 질문들은 많은 사람들이 하나님의 존재를 믿지 못하도록 만들고 있다.

내가 살아온 삶에 비추어볼 때 하나님에 대해 회의를 품는다고 해도 남들이 보기에 그리 이상할 것이 없다. 사람들이 하나님에 대해 흔히 갖는 질문들처럼 말이다. 스물한 살에 네 번이나 암에 걸렸던 사람으로서 나는 충분히 많은 고통을 받았다고 감히 말할 수 있다. 아침에 눈을 때마다 죽고 싶다는 생각 외에는 아무것도 할 수 없었던 불행의 날들을 나는 또렷하게 기억한다.

이 세상에 존재하는 것들 중 내가 절대적으로 확신하는 것은 거의 없다. 하지만 내가 완전하게 믿는 단 한 가지, 그것은 바로 하나님이 존재한다는 사실이다. 나는 이 점에 대해서만큼은 확실한 믿음을 갖고 있다. 하나님은 존재할 뿐만 아니라 친절하시고 자애로우시며, 내가 상상할 수 있는 것 이상으로 우리를 사랑하신다. 내가 가장 자주 듣는 질문 중 하나는 "네 번이나 암에 걸려 고통을 겪었고 앞으로도 그것으로부터 벗어날 수 없으면서 어떻게 그렇게 행복한 웃음을 지을 수가 있느냐?"는 것이다. 또한 "어떻게 포기하지 않고 계속해서 싸울 수 있느냐?"는 것이다. 물론, 나 역시 그게 궁금하다.

암은 내가 세운 다양한 삶의 계획들을 지독히도 꾸준히 방해해왔다. 그럼에도 내가 여태껏 웃음을 잃지 않을 수 있는 이유는 무엇 때문이었을까. 한 가지 분명히 말할 수 있는 건, 그건 내 힘이 아니라는 점이다. 만약 나만의 힘으로 모든 것을 견뎌야 했다면 아마 처음 암 선고를 받았을 때 무너져버리고 말았을 것이다. 그리고 절대 일어나지 못했을 것이다. 그 힘은 나에게서 나온 힘이 아니라 바로 하나님께서 주신 힘이었다.

우리가 오해하지 말아야 할 중요한 사실이 한 가지 있다. 바로 이 세상에 존재하는 악이 하나님으로부터 온 것이 아니라는 점이다. 하나님은 에덴동산을 만드실 때 사람에게 필요한 모든 것을 주셨고, 그때 세상에는 죄가 없었다. 하나님은 죄를 만들지 않았다. 뱀이 이브를 유혹하여 선악과를 먹도록 할 때까지 죄는 존재하지 않았다. 놀랍게도 기독교인을 포함한 많은 사람들이 악에 대해 이야기할 때 사탄을 탓하지 않는다. 사람들은 사탄 혹은 악마를 신화적 창조물로 여기고 세상이 잘못되는 이유를 하나님의 탓으로만 돌린다. 이 빗나간 비난은 하나님을 아프게 한다. 하나님은 우리가 고통 받는 것을 보면서 더 많은 고통을 받는 분이기 때문이다.

이 주제에 대해 말하기 위해 나는 여러 날 동안 많은 것을 읽고 생각했다. 물론, 그 어떤 노력도 하나님의 뜻을 이해하기에는 충분치 않다.

그러나 나는 생각한다. 하나님이 우리의 삶에서 다양한 고통이 나타나는 것을 용인하는 데에는 그만한 이유가 있는 게 아닐까, 하고. 하나님은 우리를 위해 위대한 계획을 준비하고 있다. 그것은 성경에도 잘 나타나 있다.

> 우리가 알거니와 하나님을 사랑하는 자 곧 그 뜻대로 부르심을 입은 자들에게는 모든 것이 합력하여 선을 이루느니라 — 로마서 8 : 28

오래 전부터 나는 이 성경구절에서 많은 위로를 받아왔다. 나는 하나님이 나를 순식간에 치료할 수 있다는 사실을 한 번도 의심한 적이 없다. 지금이라도 하나님은 내 몸에서 암을 완전히 없애주실 수 있다. 그래서 지팡이 없이 걸을 수 있다면 얼마나 좋을까? 다시 배구를 할 수 있다면 얼마나 좋을까? 바람이 두 뺨을 스치는 걸 느낄 정도로 뛰어볼 수 있다면, 스파이크를 성공했을 때 느끼는 짜릿한 쾌감을 다시 맛볼 수 있다면, 보통 사람의 삶을 다시 살 수 있다면 얼마나 좋을까?

하지만 그렇게 되면 내가 암을 통해서 만난 많은 사람들은 어떻게 되는 걸까? 암을 견디면서 갖게 된 나의 꿈은 어떻게 되는 걸까…….

나를 치료한 의사들은 나의 가장 친한 친구가 되었고, 암과 함께하는 삶을 통해 하나님은 내가 그분들을 만나 꿈을 가질 수 있게 하셨다. 가끔은 하나님이 나를 보통 사람처럼 만들어주셨으면 어땠을까 하는 생각을 하기도 한다. 만약 그렇게 됐다면 나를 위한 하나님의 계획은 이루어지지 않았을 것이다. 이렇듯 하나님은 내가 상상할 수 없는 방법으로 나를 축복하고 계신다.

"내가 만났던 사람들, 내가 배웠던 것들, 내가 겪었던 고난과 내가 얻었던 기회들을 통해 하나님은 항상 내 삶을 축복하고 계신다. 나에게 대한 하나님의 모든 계획을 알 수 없지만, 그것이 그 어떤 것보다 놀라운 것이고 위대한 것임을 나는 분명히 믿는다."

사람들은 각자 자기가 처한 상황 속에서 최선을 다합니다.

그리고 서로가 처한 상황은 상대적이기 때문에

내 상황을 남의 상황과 비교해서는 안 됩니다.

오히려 지금의 상황에 감사하면서 하루하루를 사는 게

우리가 할 수 있는 일입니다.

더 아름답게,
더 많은 이들에게
희망이 되겠습니다

오늘은 메이크어위시재단(Make a wish foundation)에서 주최하는 자선 행사가 있는 날이다. 난 오늘 이곳에서 자선 모금을 위한 연설을 하기로 했다. 메이크어위시재단은 난치병을 앓는 아이들을 지원하는 단체로 아이들에게 한 가지 소원을 들어줌으로써 그들이 용기와 희망을 잃지 않고 병을 이겨내는 데 도움을 주고 있다. 나 역시 고등학교 때 이곳을 통해 한 가지 소원을 이룬 적이 있다.

행사장은 생각보다 많은 사람들로 북적였다. 오늘 행사는 덴버 시 외곽의 운동장에서 열렸는데, 사람들이 자유롭게 스포츠를 즐기면서 자연스럽게 후원활동에 관심을 가질 수 있도록 구성되었다. 아마도 나의 연설이 모금 결과에 상당한 영향을 미칠 것 같다. 사람들의 마음을 움직여서 더 많은 사람들이 후원에 참여하도록 하는 것이 나에게 주어진 역할이다. 과연 잘할 수 있을지 모르겠다.

드디어 내 차례가 되었다. 사회자가 나를 소개한다.

"자, 여러분. 우리의 친구 제니가 여러분께 할 말이 있다고 하네요."

"여러분, 안녕하세요. 저의 이름은 제니라고 합니다. 올해로 스물한 살이고요. 암과는 네 번 싸워서 이겼습니다. 오늘 저의 친구 크레스튼에 대해 이야기할 건데요. 시작하기에 앞서 제 이야기를 조금 해볼게요.

저는 암의 발병을 막지 못하게 만드는 리-프라우메니 증후군이라는 걸 가지고 있습니다. 제가 처음으로 갖게 됐던 암은 조직세포에 생긴 악성 종양이었는데, 태어난 지 6개월 됐을 때 진단을 받았고요. 두 번째로 발병했던 암은 뼈암으로 열여섯 살 때 발견했어요. 암에서 해방 됐다고 생각했던 스무살 때 저는 다시 뇌암 진단을 받았고요. 몇 달 후에는 제 뼈암이 재발했습니다. 이 정도가 암과 관련한 저의 역사네요.

하지만 오늘 제가 하게 될 이야기는 제 이야기가 아니라 저의 친구 크레스튼 워커에 관한 이야기입니다. 크레스튼과 저는 골육종이라고 불리는 악성 뼈암과 투병 중일 때 만나서 친구가 되었습니다. 저희는 같은 병을 앓고 있었고 또한 같은 고등학교 출신이기도 했습니다. 크레스튼은 제가 암을 진단받고 입원해 있을 때 저에게 편지를 보내왔습니다.

그건 제가 두 번째로 걸린 암이었지만, 생후 6개월 때 첫 번째 암을 앓아서 전 암에 대한 기억이 거의 없었습니다. "암에 걸리셨네요."라는 말을 처음으로 듣게 됐을 때 저는 많이 놀랐고, 무척 두려웠고, 외로움을 느꼈습니다. 물론 저에게는 이 사실을 털어놓을 수 있는 친구들이 있었고, 그들이 저를 많이 응원해줬지만, 친구들은 제 입장을 완전히 공유하진 못했어요. 하지만 크레스튼을 만난 후 이야기는 달라졌죠. 제 이야기를 공유하고, 제 외로움과 좌절감을 덜어줄 수 있는 누군가가 절실히 필요하던 시점에 크레스튼이 나타난 거죠.

그에게서 편지를 받았을 때 그를 당장 만나야겠다는 생각을 하게 됐어요. 그래서 그가 편지에 남긴 전화번호로 전화를 걸었어요. 저흰 처음부터 서로 잘 통했죠. 저희는 공통적으로 갖고 있던 암에 대한 이야기를 나눴어요.

저는 고작 몇 주 동안 치료를 받은 것에 불과했지만, 그는 이미 암과 투병한 지 3년이나 된 상태였어요. 그는 무릎에 있는 종양을 제거했고, 병의 차도를 보였지만 불행히 다시 재발했고, 자신의 폐에서 144개의 종양을 제거해야 했습니다. 그런데 그 후에 다시 재발했고요.

그는 암과 싸웠던 자신의 경험담을 저에게 들려줬어요. 그런데 마치 놀이공원에 놀러 나온 것 같은 기분이 들게 이야기를 했어요. 정말 긍정적인 아이였지요. 그는 상황을 꾸미지 않고 솔직하게 말해줬어요. 암이 자신을 정신적으로 그리고 육체적으로 얼마나 고통스럽게 하고 있

해마다 열리는 메이크어위시재단에 특별 초대되어 이야기하는 나. 주제가 '디스코' 여서 난 그에 맞춰 재밌는 옷을 입고 있다.

는지를 말해줬고, 또 암과 싸우면서 많은 것을 배우게 되었고, 그것들이 모든 것을 가치 있게 만들어줬다고 했어요.

백 개가 넘는 종양을 자신의 몸에서 제거해야 했던 아이, 병원에서 3년을 지내야 했던 아이, 그리고 고등학교에 대한 추억이 거의 없는 아이, 그게 바로 크레스튼이었어요. 그런데 그 아이는 암에 걸린 것이 자신에게 가장 큰 행운이라고 했어요. 그 말을 처음 들었을 때 저는 그가 약을 너무 많이 복용해서 정신이 이상해진 거라고 생각했죠. 치료를 받은 지 고작 몇 주밖에 안 지났는데도 이렇게 힘든데, 어떻게 그렇게 많은 시간을 암과 투병해놓고도 자신의 삶을 열정적이고 긍정적이게 살 수 있는지가 궁금했어요.

시간이 지나면서 크레스튼과 저는 점점 더 친해졌어요. 그는 계속해서 저에게 암과 싸울 수 있는 의욕을 불어 넣어주었죠. 저희가 대화를 처음 나누고 몇 달이 지난 후에 크레스튼은 검진을 받기 위해 의사를 찾았고, 몇 개의 암이 재발했다는 사실을 알게 됐어요.

그의 폐에 네 개의 새로운 암이 발병한 거였죠. 세 번째로 재발한 그 암 때문에 그는 다시 화학치료를 받아야 했는데, 저를 놀라게 한 것은 크레스튼의 반응이었어요. "네 개의 종양이라……. 지금까지 144개의 종양이 있었는데 이건 식은 죽 먹기잖아!"라고 말하는 거였어요. 크레스튼의 긍정적인 생각은 스스로를 행복하게 만들었고, 더 나아가 저를 포함한 주변 사람들에게도 커다란 에너지와 희망을 가져다주었어요.

그가 다시 화학치료를 받기위해 병원에서 생활하게 되면서 저희는 자주 만나지 못하게 되었어요. 그렇지만 같은 날 병원에서 치료를 받을 때면 서로의 병실을 방문해서 이야기를 하며 놀곤 했어요. 물론 몸의 상태가 조금 괜찮을 때만 가능했지만요.

크레스튼의 종양은 수차례의 화학치료와 제거수술에도 불구하고 달아날 생각을 하지 않았어요. 2005년 8월, 제가 뼈암을 제거하기 위한 마지막 화학치료를 받기 몇 주 전에 크레스튼은 자신이 짧게는 몇 주, 길어도 몇 달밖에 살지 못한다고 말했어요. 그의 암이 다른 장기와 뼈로 퍼진 거였죠. 그 소식을 들었을 때 저는 큰 충격을 받았어요. 너무나도 고통스러운 나날들을 보내야 했던 열여덟 살짜리 소년에게 살 수 있는 기회가 주어지지 않는다는 사실이 저를 분노하게 했어요.

큰 충격과 동시에 저는 제 자신이 무력하게 느껴졌어요. 크레스튼은 늘 다른 사람을 도우면서 살아왔는데, 그런 그에게 저는 어떤 방법으로든 도움이 되고 싶었어요. 저는 머리를 쥐어짜면서 그를 행복하게 해줄 방법들을 고안해내고 있었는데, 고민 끝에 나온 답이 메이크어위시재단이었어요.

크레스튼은 이미 자신의 소원을 사용한 후였지만 저에겐 아직 소원을 요청할 수 있는 기회가 남아 있었어요. 물론 크레스튼의 몸에서 암을 떼어낼 수는 없었지만, 저는 저에게 남아 있는 소원을 그에게 양도하고 싶었어요.

기나긴 설득 끝에 크레스튼은 제가 갖고 있는 소원 들어주기 이용권을 사용하겠다고 했어요. 하지만 그는 그 소원을 자신을 위해 사용하는 대신 자기가 다니던 병원에 작은 놀이터를 만들고 싶다고 했어요. 그리고 자신이 교회에서 하게 될 연설이 DVD로 만들어졌으면 좋겠다고 했어요. 크레스튼이 3년 동안 치료 받았던 CHOA라는 병원은 그에게는 또 하나의 집이자 세계 그 자체였습니다. 그 병원에 아이들을 위한 공간이 부족한 게 마음에 걸렸던 모양이었어요.

크레스튼의 소원은 세상 모든 사람들에 대한 선물이었어요. 하루는 이런 일이 있었죠. 그날 크레스튼이 교회에서 사람들에게 자신의 이야기를 하게 됐는데, 어떤 남자가 그에게 찾아와서 그날 교회를 가고 싶지 않았지만 친구의 권유로 가게 됐고, 그가 한 연설을 듣고 인생을 다시 바라보게 됐다고 고백했어요. 그는 얼마 전까지도 달리는 버스를 향해 뛰어들어 자살하는 것을 계획하고 있었는데, 크레스튼의 연설을 듣고 생각을 바꾸게 됐다며, 자신의 생명을 구해준 것을 고마워하면서 그를 끌어안았어요. 하지만 안타깝게도 크레스튼은 놀이터가 완공되고 얼마 지나지 않아 세상을 떠나고 말았어요.

이 자리를 빌어서 저는 메이크어위시재단에 깊은 감사를 전하고 싶습니다. DVD가 만들어지면서 크레스튼의 이야기가 영원히 전해질 수 있게 됐으니까요. DVD를 통해 많은 사람들이 위로받을 수 있을 거라는 생각을 하니 무척 기분이 좋습니다. 크레스튼도 그의 마지막 소원을 이룰 수 있어 무척이나 행복해했고, 행복해하는 그의 모습을 보며 저 또한 너무 행복했어요. 메이크어위시재단이 없었더라면 이 모든 것은 불가능했을 것이고, 여러분이 없었더라면 메이크어위시재단 또한 없었을 거라고 저는 생각합니다.

"여러분! 삶이란 폭풍이 지나가는 것을 기다리는 것이 아니라 비와 함께 춤을 추는 것 아닐까요. 크레스튼은 저에게 '인생을 사는 방법'과 '더 나은 사람이 되는 방법'이라는 큰 선

물을 주고 갔어요. 이 선물을 여러분에게도 돌려드리고 싶습
니다." 크레스튼의 이야기가 당신의 삶에 변화를 줬으면 하는 바람입
니다."

저는 제가 사랑하는 사람들에게

작별인사를 할 필요가 없다는 걸 알고 있습니다.

왜냐하면

그들은 저와 같은 믿음을 갖고 있고,

저는 언젠가 그들을 다시 만날 것이기 때문입니다.

그래도
고 맙 습 니 다

대부분의 사람들에게 가장 최악의 상황은 아마 죽음일 것입니다. 물론 당연히 저는 아직 죽음을 경험하지 않았습니다. 그래서 이 주제에 대해서만큼은 저 역시 개인적인 경험을 이야기할 수 없습니다. 하지만 죽음은 제 인생에서 그리 멀리 있지 않았습니다. 특히 요즘 들어 더 그렇습니다. 콜로라도에서 제 꿈을 이루기 위한 MCAT, 의과대학 입학 시험을 준비하던 중에 제 암은 골반에서 폐로 두 번이나 전이되었고, 저는 그것을 제거하는 수술을 받았습니다. 그리고 두 달 동안 새로운 임상실험에 참여했습니다. 얼마 전에는 최근에 찍은 폐 사진에 대해 의논하기 위해 알바노 박사님을 만났습니다.

알바노 박사님은 항상 정확한 시간에 나타는 걸로 유명한 분인데, 그날만은 진료실에 늦게 들어왔습니다. 그녀의 얼굴은 굉장히 어두웠습니다.

"단도직입적으로 말할게."

그 말을 듣는 순간 제 표정은 얼음처럼 굳어버리고 말았습니다. 그녀가 여러 의료진과 함께 저의 수술 경과를 살핀 결과, 폐 양쪽에 또 다른 암이 생긴 걸 알게 됐다고 했습니다. 뿐만 아니라 이미 치료한 곳에도 다시 암이 생겼다고 했습니다. 그 말은 전혀 치료가 되고 있지 않다는 뜻이었습니다. 이것으로 제 몸에는 모두 여덟 개의 암이 생겨버린 셈입니다.

여러분도 잘 알겠지만 알바노 박사님은 저에게 두 번째 엄마나 다름없는 분입니다. 그녀는 저를 자기 딸처럼 사랑해주었습니다. 그런 그녀가 제게 치료를 중단하고 얼마 남지 않은 삶을 아프지 않게 지내는 게 어떠냐는 제안을 했습니다. 그 말을 전하는 그녀의 마음이 얼마나 아팠을지 저는 알 수 있습니다.

아무리 나이를 많이 먹어도 죽는 게 좋을 리는 없습니다. 특히나 죽음 이후에 다른 세계가 있다는 믿음이 없다면, 죽어도 괜찮다고 생각하는 것은 불가능할 것입니다. 저는 하나님을 믿고, 천국이 있다는 것도 믿습니다. 눈앞으로 다가온 죽음에 대한 소식을 들었을 때, 저는 천국에 대해서 많은 생각을 했고, 성경에 나와 있는 이야기를 주의 깊게 읽었습니다. 죽음에 가까이 가봤다는 사람들의 증언도 자주 접했습니다. 그런 과정 속에서 이 세상보다 더 아름다운 어떤 장소를 더욱 고대하게 되었습니다.

최근에 저는 치매를 오래 앓다가 돌아가신 분의 따님과 점심을 할 기회가 있었습니다. 그녀의 어머니는 병세가 점점 악화되어, 나중에는 먹고 마시고 숨 쉬는 것조차 잊어버리게 되었습니다. 그녀는 어머니의 삶이 얼마 남지 않았다는 걸 알았습니다. 하지만 그녀는 어머니를 보낼 수가 없었습니다. 그러던 어느 날 그녀는 영상을 보았습니다. 사람들은 그녀가 꿈을 꾼 거라고 말하기도 했습니다. 어쨌든 그녀는 어머니가 입원해 있는 요양원에서 그 영상을 봤습니다.

그것은 천국의 모습이었습니다. 그곳에는 이미 오래 전에 죽은 그녀의 가족들이 있었습니다. 그들은 크고 아름다운 집에 모여 살았는데, 벽에 페인트를 칠하고 있었다고 했습니다. 그녀가 그 이야기를 했을 때 사람들은 그 페인트색이 무슨 색이었냐고 물었습니다. 그런데 그녀는 그 색깔을 설명할 수 없었습니다. 그 색은 이 세상에 존재하지 않는 색이었습니다. 그녀는 그와 비슷한 색이 무언지조차 알지 못했습니다. 영상이 끝났을 때 그녀는 굉장히 슬펐습니다. 그 영상이 가져다주는 기쁨과 행복이 끝나는 것을 원하지 않았기 때문이었습니다. 그녀는 결국 어머니를 이 세상에 붙잡아두고 싶어 하는 자신의 생각이 이기적이라는 걸 깨달았습니다. 어머니를 보냄으로써 그분이 훨씬 행복한 곳으로 돌아갈 수 있다는 것을 알게 된 겁니다.

이 이야기는 저에게도 큰 위로를 주었습니다. 천국은 우리가 상상할 수도 없이 좋은 곳이라는 걸 알기 때문에 저는 죽음에 대해서 마음의 평화를 갖게 되었습니다. 또한 저는 제가 사랑하는 사람들에게 작별인사를 할 필요가 없다는 걸 알고 있습니다. 왜냐하면 그들은 저와 같은 믿음을 갖고 있고, 저는 언젠가 그들을 다시 만날 것이기 때문입니다.

사랑하는 사람이 죽어가는 것을 지켜봐야 하는 사람들, 혹은 저와 비슷한 상황에 처한 분들에게 저는 하나님에 대해 알려는 노력을 시도할 것을 권합니다. 여러분이 아무런 희망을 가질 수 없는 상황에서도 하나님은 여러분에게 이 세상이 끝이 아니라는 희망을 줄 것이라고 저는 확신합니다.

하지만 여러분이 오해해서는 안 되는 게 있습니다. 저는 암과의 싸움을 포기하지 않았습니다. 폐에 추가로 발병한 암 덩어리들을 없애기 위해 저는 다시 지독한 화학치료를 시작합니다. 그러니 저의 싸움을 끝까지 지켜봐주세요. 또 어떤 결과가 나오더라도 제니는 행복하다는 것을 기억하세요.

마지막으로 남가주 생명시내교회의 임홍빈 목사님과 조혜령 사모님, 저를 위해 기도와 물심양면으로 도와주신 모든 분들, 특히 나의 영적인 언니 킴 와이즈(Kim Wise)에게 무한한 사랑과 감사를 드립니다.

저에게 사랑을 준 모든 분들을 언제까지나 기억하겠습니다.

사랑합니다.

Thanksgiving Day
교회연설문

저는 23살이고 8번의 암을 이겨낸 생존자입니다. 첫 번째 암은 제가 6개월이던 1989년에 진단을 받았는데, 오른쪽 사타구니의 조직에 있는 암(Malignant fibrous histiocytoma, 악성 섬유 종양)이었습니다. 제가 그 암에서 완치되면서 저는 모든 어린 시절을 정상적이고 건강한 아이로 지낼 수 있는 축복을 받았습니다. 저는 매일 집 뒤에 있는 연못에서 낚시를 했고 오빠와 이웃친구들과 뛰어 놀았습니다. 그런 제 삶이 너무 행복했지요.

저는 많은 운동을 좋아했는데, 고등학교에 들어가면서 배구를 하기 시작했어요. 불행하게도 저는 단지 2년밖에 배구를 할 수 없었습니다. 고등학교 2학년이던 2004년 말에 양쪽 골반뼈에 뼈암(Osteosarcoma)이 생겼기 때문이죠. 그 종양을 제거하는 수술을 여러 차례 받은 후 저는 보조기구 없이는 혼자 걸을 수도, 뛸 수도 다시는 운동을 할 수도 없게 되었어요. 약물 항암치료는 말로 표현할 수 없을 만큼 고통스러워서 1년 반 동안 교실에 있는 대신 병원에서 시간을 보냈습니다. 하지만 다행스럽게도 25%의 생존률에도 불구하고 암치료를 끝내고 고등학교를 졸업하게 되었어요.

저는 2007년 남가주 USC(University of Southern California)대학에 가기로 했습니다. 제가 아팠을 때 병원에서 저를 돌보아주신 많은 분들, 특히 훌륭하신 저의 주치의 선생님들의 영향을 받아 의사가 되어야겠다고 결심을 했는데, USC에서 학부과정과 의학대학원이 함께 있는 프로그램에 합격했기 때문이죠. 다른 주에 있는 대학에 가게 되면 제가 새로운 출발을 할 수 있을 거라고 생각했기 때문에 저는 무척이나 설레었어요. 콜로라도에서는 모든 사람이 저를 '암을 가지고 있는 소녀'라고 알고 있었는데, 이제는 암을 떨쳐 보내고 새로운 곳에서 시작한다는 것이 저한테는 매우 흥분됐으니까요.

저는 대학에 입학해 새로운 친구들을 많이 만나고, 기독교 여학생 클럽에도 가입했으며 특별히 '암에 대한 정보를 홍보하는 대학생들(Colleges Against Cancer)'이라는 단체에서 열심히 자원봉사도 했어요. 저는 보통의 대학생들이 걱정하는 것들을 똑같이 걱정하면서 그들과 같이 대학생활을 무척 즐겼어요. 저는 한 인생에 암을 두 번이나 겪었으면 충분하다고 생각했고 남은 삶은 오랫동안 멋지게 살 거라고 생각했지요.

그런데 2009년 대학교 2학년 중반이던 어느 날, 머리가 깨지는 두통과 심한 구토가 저를 찾아왔습니다. 저는 심한 독감이라고 생각해서 5일 동안 침대에서 쉬었어요. 엄마가 빨리 응급실에 가보라 했지만 저는 그냥 지나가는 바이러스라고 생각해서 엄마 말을 듣지 않고 고집을 부렸어요. 그러자 엄마는 결국 남가주까지 오셔서 저를 병원에 데리고 가셨죠. 그런데 제 엄마가 잘 오신 거에요. 제 오른쪽 전두엽에 가장 고치기 어렵다는 교모세포종(Glioblastoma)이 자라고 있었기 때문이에요. 그이후 몇 달 동안은 너무너무 아파서 죽을 뻔했습니다. 아니, 사실 죽고싶을 때가 정말 많았어요. 뇌수술을 받을 때는 너무 출혈이 심해서 의사들은 제가 죽을 줄 알았다고 해요. 저는 그 수술 후에 뇌막염의 가능성과 뇌에 물이 고이고 뇌척수액(Cerebrospinal Fluid)에 피가 섞이는 등의 여러 문제 때문에 병원에 5주나 입원하게 되었어요.

그때 저는 스물한 살이었는데 벌써 세 종류의 암이 생긴 거죠. 그러자 의사들은 저를 LFS(Li Fraumeni Syndrome)라는 증후군을 가진 게 아닐까 의심했고 유전자 검사로 그것이 사실로 밝혀졌습니다. LFS는 유전자의 돌연변이로 인해 평생에 걸쳐서 여러 번의 암이 나타나는 증후군이죠. 이것을 가지고 있는 사람은 전 세계에 400명밖에 없다는데 이게 행운인지 모르겠지만 저도 그 400명 중의 한 사람이었어요. 그 이후 한 달도 채 되지 않아서 제 왼쪽 골반뼈에 뼈암이 재발하고 있다는 것을 알게 되었어요. 생존률이 15%밖에 되지 않는 뇌암만으로도 나의 희망이 꺼져가기에 충분했는데 거기에 또 뼈암까지 재발했으니 그나마 남은 희망마저 사라져 버린 거죠.

　그렇지만 하나님은 나에게 극복할 수 있는 힘을 주셔서 대학에 다니면서도 두개의 암을 동시에 치료할 수 있었어요. 2011년 봄에 대학을 졸업하고 콜로라도에 다시 돌아온 후 암으로부터 짧은 휴가를 받았어요. 그 해 12월에 뼈암이 양족 폐에 전이되어서 폐암이 생기기 시작하기 전까지 말이에요. 그때부터 저는 두 번의 폐암수술을 받았고 두 번의 새로운 임상실험에 참여했어요. 그 와중에 2012년 봄에 유방암에도 걸려서 종양을 제거하는 수술을 했지만 결국에는 다 잘라내는 대수술을 받아야만 합니다.

　제가 이렇게 여러 암을 걸리면서 낮은 생존률에도 불구하고도 제 주치의인 알바노 선생님은 단 한 번도 살 가망이 없을 거라고 말씀하지 않으셨어요. 제가 이 분을 사랑하는 여러 이유 중 하나는 어떤 상황에서도 희망을 주었고 모든 것이 괜찮을 것이라고 위안을 주셨기 때문이에요. 지난 8월에 다시 CT검사를 했는데 주치의 선생님은 수술과 화학항암치료를 했음에도 불구하고 폐암이 다시 생겼다고 얘기하셨어요. 이제 암이 내성이 생겨서 치료가 불가능하다는 뜻이었지요. 주치의 선생님이 말하기를 저는 이제 혼수상태에 들어가기까지 겨우 6개월밖에 남지 않았다고 하셨습니다. 그리고 선생님께서 말씀하시기를 이제 치료를 중단하고 "인생을 정리하라"고 하셨어요. 저는 너무 충격을 받았죠. 그렇게 희망적으로 말씀하시던 의사 선생님이 이제 제 인생을 정리하라고 했을 때는 아무래도 제 상태가 아주 나빴던 것이었겠죠. 그럼에도 불구하고 많은 기도와 암전문의들과 상담 후, 치료를 중단한다는 것은 제 인생을 포기한다는 것과 다름없다고 생각해서 치료를 중단하지 않기로 결정했습니다. 게다가 제가 스물세 살밖에 되지 않았는데 무슨 인생에 정리할 것들이 있겠어요. 그 후에 알바노 선생님은 좀 더 연구해를 거듭한 끝에 가능성이 있는 새로운 치료방법을 찾아냈어요. 다음 주 화요일에 저는 이 치료가 제 암에 효과가 있는지 알아보는 검사를 받고 그 결과를 알게 될 거예요. 지금 제 상태가 좋기 때문에 저는 희망적으로 생각하고 있어요!

여태까지 얘기한 제 인생 이야기가 너무 길고 여러분에게 우울하게 느껴질지 모르겠지만 제가 여러분을 우울하게 하려고 오늘 이 자리에 온 것은 아니에요. 제가 지금까진 여러분을 많이 우울하게 했죠? 그렇지만 제가 진짜 원하는 것은 여러분을 격려해 드리는 것이에요.

삶은 정말 어렵고 우리가 사는 세상은 너무 힘들죠. 대부분의 사람들이 정말 견디기 어려운 시련을 당해서 절망 속에서 하나님 앞에 혼자 울부짖고 싶을 때가 있을 거예요. 저에게도 그러한 순간들이 많이 있었지만 제가 하루하루를 긍정적인 자세로 살 수 있는 것은 "제게 능력 주시는 자 안에서 모든 것을 할 수 있다"는 하나님의 말씀 때문이에요. 하나님은 우리에게 우리 앞에 놓인 인생의 경주를 인내하며 마치라고 말씀하고 계세요. 삶이 여러분을 정말 힘들게 할 때가 있지만 내가 또 다른 하루를 살 수 있을까 걱정하실 필요가 없어요. 삶이 아무리 어려워진다 해도 하나님은 저와 여러분의 힘이 되시고 저희를 절대로 포기하지 않으실 거니까요. 여러분은 어떠실지 모르지만 저에게는 그 이상으로 더 용기를 주는 게 없습니다. 그리고 이것이 제가 가장 감사하는 것이에요. 오늘 저의 이야기를 나눌 수 있게 해주셔서 감사합니다.

－2012년 11월 18일, 양 제니

Hello everyone! My name is Jennie Yang and I'm here today to tell you about my story. I am 23 years old and an eight-time cancer survivor. My first cancer was diagnosed when I was only six-months old and it was a cancer of the soft tissue in my groin. When I was cured of that cancer, I was blessed to live out my entire childhood just being a normal, healthy kid. I went fishing in the pond behind my house every day, played sports with my brother and neighbors, played with my friends, and was very content with life.

I had always been a lover of playing sports, but when I entered high school, I committed myself to volleyball. Unfortunately, I was only able to play for two seasons before I was diagnosed with osteosarcoma, bone cancer, in both of my hipbones. The surgeries to remove the tumors left me unable to walk without aide, run, or play sports ever again. The chemotherapy was debilitating beyond words, and much of the following year and a half were spent in the hospital, instead of in a classroom. Despite my 25% chance of survival, I went into remission from osteosarcoma and graduated from high school.

I decided to attend the University of Southern California because I was admitted into their combined baccalaureate/MD program. The experiences and interactions I had with the hospital staff, especially doctors, inspired me to pursue a career in medicine. College was an especially exciting idea for me because I truly felt like it would be a fresh start. I was so used to everyone knowing me as "the girl who had cancer," and was thrilled to be in a new place where I could leave cancer behind. I made lots of friends in my classes, joined a Christian sorority, and became heavily involved in Colleges Against Cancer, a club on campus that promotes cancer awareness. I loved college and finally felt like a normal young adult with normal worries. I truly thought that having cancer twice was enough for a lifetime, and that I was going to live a wonderful, long life.

About halfway through my sophomore year, I suddenly woke up to splitting headaches and severe nausea. I dismissed it as the stomach flu and stayed in bed for five days. My mom insisted I go to the emergency room but I insisted that it was a stomach bug that would pass. She finally flew out to take me to the ER herself, and I am so glad that she did! It turned out that I had a large brain tumor on my right frontal lobe and that it was the most deadly type of brain cancer you could get : glioblastoma. Over the course of the following month, there were several times I should have, and definitely wanted to die. I had a brain hemorrhage during the surgery and my surgeon thought that he lost me. I stayed in the hospital for over a month due to everything from possible meningitis, fluid build up in the brain, and blood in my spinal fluid, just to name a few problems.

At this point in my life, I was 21-years old and had already had three primary cancers. Doctors suspected that I had something called Li Fraumeni Syndrome, or LFS, which is a genetic mutation that causes you to have several cancers throughout your lifetime. Genetic testing proved them to be correct. I was lucky enough to be one of 400 worldwide who had this horrible condition. Literally not less than a month that I found this out, I discovered that my osteosarcoma had relapsed in my left hip. The glioblastoma, with a cure rate of less than 15%, was enough to diminish my hope, and the osteosarcoma on top of that extinguished any hope that remained.

Still, God gave me the strength to trudge on, and I finished treatments for both cancers while going to school as a part time student. I graduated in Spring of 2011 and moved back to Colorado. I had a brief break from cancer until December of 2011, when the osteosarcoma came back in my lungs. Ever since, I've had two lung surgeries and have been on two clinical trials. Somewhere in that mix, I was also diagnosed with a noninvasive form of breast cancer, which was surgically removed. I will eventually need a double mastectomy to prevent the breast cancer from coming back.

For as many times as I've had cancer, despite the low survival rates, my oncologist never told me that I didn't have a chance at survival. That's one of the things I love about her-she always knew how to make me feel okay and hopeful no matter the circumstance. This past August, my oncologist, Dr. Albano, told me that my most recent scans showed that the tumors had come back in my lungs despite the surgery and chemotherapy, meaning that my cancer was resistant to both. She told me that I had six months to live before I would slip into a coma. She recommended that I discontinue treatment and "put my affairs in order." I was so shocked. I knew that things must be really bad if dr. Albano was recommending this because as I said previously, she was always the one who gave me hope that I would survive. After much prayer and consulting with other specialists, I decided that not continuing treatments would feel like giving up. Besides, there was no way that I was putting my "affairs in order" because I was too young to have affairs in the first place! Once dr. Albano did some research, she found a protocol that she felt might work. This Tuesday I have a scan that will show whether or not my tumors are responding to the treatment. I feel great, so hopefully the treatments are working!

I know that my story is long and depressing to most, but I'm not here today to depress you. I probably haven't done a great job at that so far······ but what I really want to do is to encourage you. Life is hard. This world is broken. Most, if not all people, in their lifetime, will have trials that are so horrible that they are left in despair, crying out to God. I have had several of them. But the reason why I'm able to get up every morning and at least try to stay positive is because God promised us that we could do all things through Him, who gives us strength. He just asks us to run with perseverance the race marked out for us. Even though life can really stink at times, we never have to question whether or not we can live another day. He will be our strength and will never abandon us, no matter how tough life gets. I don't know about you, but I don't think I can think of anything more encouraging than that, or anything we could be more thankful for. Thank you for giving me the opportunity to share my story!

－2012. 11. 18, Jennie Yang

멈추면, 비로소 보이는 것들

혜민 지음 | 이영철 그림 | 14,000원

관계에 대해, 사랑에 대해, 인생과 희망에 대해… '영혼의 멘토, 청춘의 도반' 혜민 스님의 마음 매뉴얼! 하버드 재학 중 출가하여 승려이자 미국 대학교수라는 특별한 인생을 사는 혜민 스님. 수십만 트위터리안들이 먼저 읽고 감동한 혜민 스님의 인생 잠언!(추천 : 쫓기는 듯한 삶에 지친 이들에게 위안과 격려를 주는 책)

아프니까 청춘이다

김난도 지음 | 14,000원

180만 청춘을 위로하다! 이 시대 최고의 멘토, 김난도 교수의 인생 강의실! 저자는 이 책에서 불안하고 아픈 청춘들에게 따뜻한 위로의 글, 따끔한 죽비 같은 글을 전한다. 스스로를 돌아보고, 추스르고, 다시 시작하게 하는 멘토링 에세이집.(추천 : 인생 앞에 홀로서기를 시작하는 청춘을 응원하는 책)

시 읽기 좋은 날 : 그날, 그 詩가 내 가슴으로 들어왔다!

김경민 지음 | 14,000원

교과서 속에서 뽑아낸 50편의 주옥같은 시, 삶과 사랑, 세상에 비추어 써내려간 잔잔하고도 감동적인 에세이. 어른이 되어 다시 만난 명시들을 통해 그동안 느끼지 못했던 시 읽기의 즐거움과 삶에 대한 통찰을 느낄 수 있다. (추천 : 누군가가 말없이 그리울 때, 삶의 고단함에 지쳤을 때, 마음에 따뜻한 위로를 안겨주는 책)

마음 아프지 마

윤대현 지음 | 15,000원

연애부터 일까지, 언제나 당신의 편이 되어줄 파격적인 인생상담. 이 책은 인생에서 빼놓을 수 없는 화두인 연애, 우정, 가족, 직장 등에 대한 고민과 저절로 마음이 든든해지는 해결책을 담고 있다. 현실적인 인생진단과 위안을 동시에 얻고 싶은 욕심 많은 청춘에게 명쾌한 처방전이 되어줄 것이다.

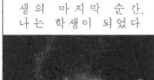

생의 마지막 순간, 마주하게 되는 것들

기 코르노 지음 | 김성희 옮김 | 이종인 감수 | 15,000원

"당신을 위해 사세요. 인생은 너무 짧습니다." 평생 사람들의 마음을 치유해온 치유심리학자가 어느 날 갑자기 말기암 진단을 받는다. 그는 지나간 삶을 되돌아보며 자기 자신을 위해 살기로 결심했고, 마음속의 응어리가 풀리자 거짓말처럼 암세포가 사라진다. 드라마틱한 그의 스토리는, 이별, 상실, 고통, 죽음에 대한 리얼리티를 가슴 절절하게 보여준다.

인생에 대한 예의

곽세라 지음 | 13,000원 (개정판)

세상에서 가장 활짝 웃는 여자 곽세라가 지구별을 여행하며, 따뜻한 시선과 촉촉한 마음으로 인터뷰한 18명 '영혼의 힐러들'의 이야기. 삶을 대하는 태도를 변화시킨 이들의 이야기를 통해 가슴 깊은 곳까지 감동의 메아리를 전달해준다. (추천 : 귀찮아서 혹은 두려워서 미뤄왔던 자기애와 행복감을 다시 돌보게 하고 되찾아주는 책)

사람으로 살고 싶었다

이학준 지음 | 15,000원

미국, 영국, 프랑스, 일본 등 전 세계 25개국 방영. 한국 최초 에미상 노미네이트! 자유와 희망을 찾아 수만 킬로미터를 이동하고, 사람으로 살고 싶다는 열망 하나만으로 국경을 넘는 탈북자들. 그 위험천만한 여정을 쫓아 목숨 걸고 써낸 탈북 동행 취재 5년의 기록. 분단의 아픔을 넘어 인간답게 산다는 것의 의미를 찾는다.

당신이 축복입니다

숀 스티븐슨 지음 | 박나영 옮김 | 13,000원

"이 아기는 24시간 안에 죽는 편이 낫습니다." 뼈가 계란껍데기처럼 부서지는 희귀병을 갖고 태어난 숀 스티븐슨, 그는 현재 스타 연설가이자 심리학자가 되어 휠체어를 타고 세계를 누빈다. 90cm의 거인 숀이 전하는 축복의 리얼스토리! 소중한 누군가의 믿음과 신뢰, 응원이 필요한 당신에게 '인생을 응원하는 6통의 메시지'를 보낸다.

삶이란, 폭풍이 지나가는 것을

기다리는 것이 아니라

비와 함께 춤을 추는 거야……